UN PROTECTEUR POUR SUMMER

UN PROTECTEUR POUR SUMMER (FORCES TRÈS SPÉCIALES #5)

SUSAN STOKER

DU MÊME AUTEUR

<u>Autres livres de Susan Stoker</u>

<u>Forces Très Spéciales Series</u>

Un Protecteur Pour Caroline

Un Protecteur Pour Alabama

Un Protecteur Pour Fiona

Un Mari Pour Caroline

Un Protecteur Pour Summer

Un Protecteur Pour Cheyenne

Un Protecteur Pour Jessyka

Un Protecteur Pour Julie

Un Protecteur Pour Melody

Un Protecteur Pour the Future

Un Protecteur Pour Kiera

Un Protecteur Pour Dakota

<u>Delta Force Heroes Series</u>

Un héros pour Rayne

Un héros pour Emily

Un héros pour Harley

Un mari pour Emily

Un héros pour Kassie

Un héros pour Bryn

Un héros pour Casey

Un héros pour Wendy (Mars)

Un héros pour Mary (Avril)

Un héros pour Macie (May)

1

Sam Reed, alias Mozart, toucha du doigt la cicatrice qui lui barrait la joue tout en conduisant son pick-up cabossé en direction du lac de Big Bear. Cookie, son ami et co-équipier au sein des forces spéciales, était le seul à connaître sa destination. Ce n'est pas comme s'il la cachait volontairement au reste de l'équipe, mais il avait suivi tellement de ces « pistes » par le passé qu'il avait appris à les tenir secrètes au cas où elles n'aboutiraient pas.

L'avantage de faire partie d'une équipe aussi soudée était que Mozart savait que s'il demandait de l'aide, ses cinq amis laisseraient tout en plan pour lui prêter main-forte. D'ailleurs, ils avaient probablement deviné où il se trouvait.

Cela ne déboucherait peut-être sur rien, comme la plupart des autres pistes que Mozart avait suivies dernièrement, mais il ne parvenait pas à écarter cette possibilité. Il consacrerait tout son temps libre à cette piste, aussi improbable qu'elle soit, car elle risquait de le mener à Ben Hurst.

Mozart avait quinze ans lorsque sa petite sœur Avery avait été enlevée. Le quartier tout entier de leur petite ville californienne avait réagi rapidement et ils avaient organisé des équipes de recherche. Ces dix-sept journées avaient été terriblement déchirantes. Les battues et les spots télévisés s'étaient succédé quotidiennement. Ses parents avaient imploré et supplié celui qui avait pris Avery de la ramener.

En fin de compte, c'est un couple qui randonnait dans la forêt à deux cent cinquante kilomètres de là qui avait découvert le corps d'Avery. Ils participaient à une course au trésor et avaient failli trébucher sur son cadavre, nu et jeté au fond des bois comme si elle n'était qu'un sac d'ordures.

Mozart n'oublierait jamais le moment où ses parents avaient appris la nouvelle. Lui qui n'avait jamais vu son père pleurer, ce jour-là, il l'avait vu éclater en sanglots. Sa pauvre fillette avait été violée et assassinée. Ce n'était pas une chose qu'un garçon de quinze ans pouvait un jour oublier. Après coup, ses parents n'avaient plus jamais été les mêmes et ils avaient divorcé, comme le faisaient de nombreux parents d'enfants disparus ou assassinés, à cause de la pression. Le père de Mozart était mort quelques années plus tard et sa mère s'était remariée avec un homme très fortuné. Il ne l'avait plus vraiment revue, car elle était trop occupée à parcourir le monde, essayant d'oublier qu'elle avait eu une fille, et ne se préoccupant pas du fait que son unique fils soit toujours en vie.

La police n'avait jamais retrouvé celui qui avait tué sa sœur, même s'ils étaient quasiment certains d'avoir identifié le coupable. On avait confirmé la présence dans leur ville d'un vagabond appelé Ben Hurst au moment où Avery avait été enlevée. Hurst était un de ces survivalistes tout aussi capables de vivre dans la nature sauvage qu'au cœur d'une grande ville. Il était grand – à peu près un mètre quatre-vingts – et pesait environ cent dix kilos. Il n'aurait eu aucun mal à maîtriser Avery ou n'importe quelle enfant. Hurst était un homme mauvais qui avait séjourné derrière les barreaux pour avoir abusé sexuellement des enfants et agressé plusieurs personnes, et il n'avait présenté aucun signe de réhabilitation après chacun de ses séjours en prison. Il n'était pas difficile de croire que Hurst avait vu Avery rentrer de l'école et l'avait enlevée dans la rue. Le problème était que la police était incapable de fournir la moindre preuve.

Hurst n'avait bien entendu jamais coopéré avec les enquêteurs et au fil des années, la police s'était concentrée sur d'autres affaires. Mais Mozart ne cesserait jamais de chercher. Il lui avait suffi de voir une fois le visage de cet homme sur une photographie pour qu'il reste gravé dans sa mémoire. Ayant juré de venger

Avery, d'une façon ou d'une autre, il s'était donné pour objectif d'appréhender Ben Hurst et de le faire payer.

Mozart avait rejoint la marine juste après le lycée avec l'objectif précis d'intégrer les forces spéciales. Toute sa vie, il avait vu des films et des séries télé sur les soldats d'élite. Ils étaient le top du top ; les hommes les plus puissants qu'il avait jamais vus. Il savait qu'il devait en devenir un s'il voulait capturer Hurst et le punir pour ce qu'il avait fait à sa petite sœur.

Son père n'était peut-être plus là pour voir justice rendue, et Mozart ne savait pas si sa mère s'en préoccuperait toujours, mais il ne parvenait pas à passer à autre chose. Se tenant près du minuscule cercueil de sa sœur, il lui avait juré qu'il ne s'arrêterait que lorsque son assassin serait mort ou bien sous les verrous. Même s'il n'était qu'un adolescent à l'époque, la perspective de tuer l'assassin d'Avery ne lui faisait pas peur. Il venait de passer dix-neuf ans à essayer de remplir cette promesse et elle faisait à présent partie intégrante de lui. Rien ni personne n'aurait pu l'empêcher de la tenir.

Mozart repensa au dernier Noël qu'il avait passé avec sa petite sœur. Avery avait été tellement contente ! Elle l'avait réveillé bien trop tôt et ils étaient descendus pour s'asseoir devant l'arbre de Noël autour duquel étaient empilés les paquets. Elle avait insisté pour « trier » les cadeaux, même si Mozart l'avait prévenue que cela irriterait leur mère.

Leur mère s'était bel et bien mise en colère, mais

Mozart l'avait calmée et il avait regardé avec plaisir Avery s'enthousiasmer sur ses cadeaux. C'était le genre de petite fille qui appréciait tout ce qu'on lui donnait. L'ours en peluche tout mignon que Mozart lui avait offert avait reçu les mêmes louanges qu'un bracelet bon marché que lui avait offert leur voisin. Mozart avait aimé Avery de tout son être. Elle était innocente et précieuse, et la perdre avait manqué de le tuer. Il avait failli ne pas obtenir son diplôme de fin d'année. Ses notes avaient chuté de façon catastrophique après sa mort. La vie avait perdu son sens jusqu'à ce qu'il termine son entraînement de soldat d'élite et décide que sa mission dans l'existence était de retrouver Ben Hurst.

Il profiterait de sa permission pour suivre toutes les pistes qu'il trouverait afin de remonter jusqu'à Hurst. Tex, leur ami hacker de Virginie, avait surveillé Internet et son réseau informatique afin de débusquer la moindre mention de cet homme. Par pur hasard, Hurst avait peut-être été aperçu à Big Bear Lake, en Californie. Big Bear n'était pas tellement éloigné de Riverton – un peu plus au sud, près de San Diego –, et Mozart avait une semaine de permission devant lui. Ils avaient connu des missions intenses récemment. Sans parler du fait que Caroline et Wolf venaient de se marier et qu'ils étaient en voyage de noces. Le commandant Hurt avait donné leur semaine à toute l'équipe et ils avaient tous été ravis. C'étaient de *vraies* vacances, sans risque d'être appelé en mission à la dernière minute. Cependant, Mozart savait que si son commandant avait eu connaissance de ce à quoi il consacrait ses congés, il n'aurait probablement pas été content, alors il avait tenu ses projets de vengeance secrets.

Sur la route de Big Bear, Mozart songea à ses collègues de l'équipe des forces spéciales. Il sourit en pensant à Wolf et Ice. Cette dernière – qui s'appelait en fait Caroline – était une chimiste coriace qui, quasiment à elle seule, avait déjoué une attaque terroriste à bord de l'avion dans lequel Wolf, Abe et lui voyageaient. Sans elle, ils seraient tous morts. Ce simple fait la rendait importante à ses yeux.

Mozart était très content que Wolf ait enfin sauté le pas et ait demandé à Caroline de l'épouser. Le mariage s'était extrêmement mal passé, puisque la limousine dans laquelle les hommes se trouvaient avait été emboutie par une voiture qui avait grillé un feu rouge. Mais Caroline n'avait pas baissé les bras. Quand elle avait appris que Cookie avait été blessé, elle, Fiona et Alabama s'étaient présentées à l'hôpital dans leurs robes de cérémonie. Après s'être assurée que Cookie et le reste de l'équipe se portaient bien, Caroline avait révélé qu'elle avait offert à la pasteure une somme rondelette pour qu'elle vienne à l'hôpital afin de les marier, Wolf et elle.

Et c'est ce qu'ils avaient fait. Wolf et Ice s'étaient tenus au chevet du lit d'hôpital de Cookie, entourés de leurs amis, et ils s'étaient juré de s'aimer pour le reste de leur vie. Mozart ne l'aurait jamais admis – même sous la torture –, mais c'était l'une des plus belles choses qu'il avait jamais vues. Ice était une femme géniale et il était content que Wolf ait trouvé sa moitié.

Cela dit, Mozart ne pensait pas être capable de se caser avec une femme. Il était le séducteur de la bande. Il ne se souvenait même pas du nom de la plupart des femmes avec lesquelles il avait couché au fil des années. À maintes reprises, il était rentré avec une femme qu'il avait rencontrée dans un bar, puis l'avait quittée juste après avoir couché ensemble. C'était la seule chose qui comptait pour lui. Le sexe. Il n'avait jamais pris la peine de « sortir » avec une femme, et il n'en ressentait pas le besoin.

Malheureusement, les terroristes qui avaient enlevé Caroline en Virginie lui avaient profondément taillado le visage. Se fichant que ce point de vue le fasse passer pour un connard, il se disait que si une femme refusait de coucher avec lui à cause de son visage, il ne s'en offusquerait sincèrement pas. Il y en aurait au moins cinq autres à faire la queue et qui adoreraient le sucer et passer une nuit dans son lit. Être un soldat d'élite favorisait sa vie sexuelle, malgré ses horribles cicatrices sur le visage, qui ne le dérangeaient pas, d'ailleurs. Il avait connu bien pire dans sa vie, alors ses cicatrices étaient le cadet de ses soucis. Que sa sœur soit assassinée par un psychopathe était terrible. Mais des cicatrices sur la figure ? Il n'en avait que faire.

Il avait conscience que les femmes le trouvaient beau. Quand il était plus jeune, il en avait tiré profit, mais comment aurait-il pu faire autrement ? Il était baraqué, comme ses coéquipiers. Il avait des cheveux sombres légèrement plus longs que ce qu'on attendait d'un militaire. Une femme lui avait dit une fois qu'il avait des pommettes hautes et des yeux sombres qui semblaient capables de regarder directement dans l'âme d'une femme et d'en extraire ses désirs les plus profonds. Mozart avait trouvé cela con, mais puisque son look l'aidait à coucher, il l'avait cultivé.

À présent que ses traits autrefois avenants étaient barrés de trois profondes cicatrices sur la joue droite, il avait été forcé de s'appuyer davantage sur sa personnalité pour trouver une femme qui accepterait de coucher avec lui. Il savait qu'Ice se sentait légèrement coupable de ce qui était arrivé à son visage. À chaque fois qu'elle avait abordé le sujet, il lui avait dit que ce n'était pas sa faute et enfin, elle avait cessé de s'excuser. Mozart avait été sincère quand il lui avait dit que son visage ne lui posait aucun problème, car c'était vrai. Il avait acquis assez de maturité durant ses trente-quatre ans d'existence pour savoir qu'il avait échappé à la mort trop souvent pour tenir la vie pour acquise.

Il était grand – à peu près un mètre quatre-vingts –, c'est-à-dire qu'il dépassait la plupart des gens. Combiné à son air sombre et intense, cela lui servait à intimider les méchants et aider les femmes à se sentir délicates et chéries, même si ce n'était que pour une nuit. Et ce n'était *toujours* que pour une nuit.

Repensant à son équipe, Mozart se remémora qu'Abe avait été le deuxième de leur groupe à trouver une compagne après que Wolf eut choisi Ice. Cela faisait maintenant un moment qu'Abe et Alabama étaient ensemble, même s'il avait failli tout foutre en l'air. Alabama avait essayé de se montrer forte, mais Mozart et Abe avaient vu à travers son masque. Présentement, elle suivait des cours à l'IUT local, le temps de voir ce qu'elle voulait faire de sa vie, et en attendant, Abe et elle étaient terriblement heureux.

Cookie et Fiona étaient également très contents, mais pour Fiona, le chemin avait été long et difficile. Ils l'avaient tous rencontrée au Mexique quand ils l'avaient secourue d'un réseau d'esclavage sexuel. Elle avait été violée et les ravisseurs lui avaient injecté des drogues dures. Les femmes qui partageaient la vie des coéquipiers de Mozart se montraient assurément fortes. Elles avaient toutes traversé des choses horribles, mais quelque part, avec le soutien de leurs compagnons SEAL et une aide professionnelle, elles s'en étaient sorties.

Mozart sourit en songeant à quel point toutes ces femmes étaient proches. Quand l'équipe était appelée en mission, elles passaient toutes du temps à se soutenir mutuellement. Rien ne rendait les hommes plus heureux que de savoir que leurs compagnes avaient un réseau d'entraide pendant qu'ils étaient à l'étranger à se battre pour leur pays. Mozart avait beau faire semblant de s'irriter contre les autres de se montrer si attachés à leurs femmes, pour être honnête, au fond de lui, il était un petit peu jaloux.

Mozart avait toujours veillé sur les autres. C'était toujours lui qu'on appelait en cas de problème. Il était le séducteur de la bande, le mec cool avec qui on passe un bon moment. Le gars qu'on ramène chez soi pour la nuit avant de partir à la recherche d'une nouvelle conquête. Il n'avait jamais su ce que cela faisait d'être désiré pour ce qu'on était, pas pour ce qu'on pouvait faire pour quelqu'un ni pour le travail qu'on avait.

Il secoua la tête, dégoûté. Peu importait. En fin de compte, cela n'avait aucune espèce d'importance. Il fallait simplement qu'il se rende au lac pour voir s'il parvenait à retrouver cette personne qui s'avérerait peut-être être Hurst. Une fois qu'il l'aurait trouvé et tué ou bien livré aux autorités, il verrait ce qu'il pouvait faire pour se trouver une copine à long terme. Côtoyer Ice, Alabama et Fiona lui avait permis de voir pour la première fois qu'avoir quelqu'un à aimer n'était peut-être pas aussi horrible qu'il l'avait envisagé. Bien entendu, il faudrait qu'il trouve une femme aussi parfaite que les compagnes de ses coéquipiers, une tâche relativement difficile.

Mozart se gara sur le parking de *Big Bear Lake Cabins* et coupa le moteur. Observant l'endroit, il ne put que secouer la tête. Il avait effectué la réservation en ligne. C'était bon marché et ça paraissait assez propre sur les quelques images mises en avant sur leur site. En réalité, c'était un peu vieillot et les chalets donnaient l'impression qu'une bonne tempête parviendrait à les faire s'écrouler.

Il y avait douze petits bâtiments séparés, chacun à un mètre cinquante l'un de l'autre. Certains avaient des petits porches et d'autres simplement une marquise au-dessus de la porte. La peinture pelait sur la majeure partie des bâtiments et Mozart voyait que la plupart des toits avaient besoin d'être réparés.

Il remarqua le chariot d'une femme de chambre devant un des chalets tout au fond. Il eut la pensée mesquine que cette dame était peut-être aussi vétuste que les chalets eux-mêmes, mais il ne voulut même pas songer à la personne qui gagnait sa vie à nettoyer ce motel miteux. À sa droite se trouvait un petit bâtiment pourvu d'un panneau qui disait « bureau », à côté de quelque chose qui ressemblait à des toilettes d'extérieur. La seule raison pour laquelle Mozart savait que ce n'étaient pas des toilettes était parce que la pancarte sur la porte annonçait que c'était un débarras.

Mozart toucha à nouveau machinalement la cicatrice sur le côté droit de son visage – il avait remarqué qu'il en avait pris l'habitude quand il était plongé dans ses pensées –, et il réfléchit aux premières étapes qu'il devrait suivre afin de remonter la piste de Hurst. Peu importait où il allait dormir ; il avait dormi dans des conditions bien pires durant des missions avec son équipe. Il aurait pu partir et trouver un autre motel, mais il se justifia en se disant qu'il avait simplement besoin d'un endroit où poser ses affaires et dormir toutes les nuits. Si les lieux étaient propres, c'était juste un bonus.

Mozart sortit de son véhicule et se dirigea vers le bureau. Il était temps de débusquer un violeur et tueur d'enfants.

2

Summer, agenouillée près du chariot de nettoyage, se
redressa lentement et entendit ses genoux émettre un
craquement de protestation. Elle l'ignora, s'empara
d'une pile de serviettes et entra dans le petit chalet
qu'elle était en train de nettoyer. Ce boulot était monotone et terriblement ennuyeux, mais c'était un emploi
et cela lui donnait la liberté... d'exister, tout simplement. Elle en avait besoin après l'année infernale
qu'elle avait passée. Nettoyer des chambres d'hôtel
n'était pas ce qu'elle avait envisagé pour sa vie, mais
pour le moment, elle n'aurait pas aimé se trouver
ailleurs. C'était facile et confortable, et elle pouvait
rester anonyme. Elle était incapable de tolérer autre
chose pour le moment.

Summer repensa à sa vie. Elle avait *été* quelqu'un,
autrefois. Elle avait un Master en ressources
humaines et avait travaillé pour une très grande entre-

prise à Phoenix, dans l'Arizona. Elle était mariée et avait un bon salaire, vivait dans une belle maison et menait une existence parfaite. Cette vie s'était écroulée comme un château de cartes et elle ne savait pas comment cela était arrivé. Un jour, elle était rentrée du travail et son mari avait disparu. Tout bonnement disparu. Il n'y avait plus rien à lui dans l'appartement. Un mot posé sur le comptoir de la cuisine expliquait qu'il n'était pas heureux et qu'il avait rencontré une autre femme. Il n'avait pas voulu faire de la peine à Summer, mais il ne l'aimait plus et il trouvait que leur vie n'était qu'un simulacre. Elle n'avait rien vu venir. Certes, elle savait qu'il n'y avait pas beaucoup de passion dans leur couple, mais ils avaient une relation confortable. C'était peut-être là le problème. Quand les papiers du divorce étaient arrivés par la poste plus tard dans l'année, Summer les avait signés sans contester. Protester n'aurait servi à rien.

Peu après que son divorce fut finalement finalisé, elle avait appris que son entreprise était en compression de personnel et elle avait perdu son emploi. Elle avait essayé de trouver un autre poste, mais sans résultat. Apparemment, personne ne voulait engager une femme de trente-six ans qui n'avait jamais travaillé ailleurs que dans les ressources humaines. Ils voulaient embaucher des jeunes diplômés sans Master afin de pouvoir les payer moins que ce à quoi son expérience et son éducation lui donnaient droit. Bientôt,

Summer n'était plus parvenue à rembourser son prêt immobilier et elle avait perdu sa maison.

Elle savait qu'elle était introvertie. Certes, elle parvenait à socialiser avec n'importe qui, mais elle avait eu du mal à se faire des amis sur le long terme. Toute sa vie durant, elle avait rencontré des gens, mais personne n'avait fait l'effort supplémentaire de garder contact avec elle une fois qu'elle avait déménagé. Pas d'amis du lycée, pas d'amis de l'université, pas d'amis du travail. Elle ne savait pas ce qu'elle dégageait pour que les gens ne souhaitent pas former des liens intimes qui survivraient à une relation à distance. Perdre son travail n'était guère différent. Ses collègues étaient très sympathiques et lui avaient souvent proposé de se retrouver pour le déjeuner et les soirées, mais aucun d'eux ne l'avait jamais fait. Summer avait l'habitude.

Elle se faisait facilement des amies, mais elles n'étaient pas comme celles qu'elle voyait à la télévision ou lisait dans les livres. Ce n'étaient pas des amies pour la vie qu'elle pouvait appeler pour passer une nuit entre filles ou bien pour rester dormir temporairement chez l'une d'entre elles.

Un jour, elle en avait eu assez. Elle vivait dans un appartement pourri où elle ne se sentait pas en sécurité et n'avait aucune perspective professionnelle à l'horizon. Elle avait fourré ce qui était important pour elle dans ses valises et avait mis les voiles. Elle avait pris le volant de sa voiture délabrée jusqu'à ce que celle-ci lui claque entre les mains. Puis elle avait dépensé le peu d'argent qui lui restait pour acheter un ticket de bus vers la petite ville de Big Bear, dans les montagnes de Californie.

Un jour, elle avait vu le petit motel appelé *Big Bear Lake Cabins*, et par miracle, il y avait un panneau à la fenêtre du bureau qui disait : « Recherche employé ». Le propriétaire n'était pas très amical, mais apparemment il était désespéré, parce qu'il lui avait dit qu'elle avait le poste.

Et voilà où elle en était. Pas de voiture. Pas d'argent. Toutes ses affaires tenaient dans une seule valise. Elle était pathétique, mais elle était également libre. Pas d'hypothèque, pas d'obligations. Elle n'avait rien, elle n'était personne. Et pour le moment, c'était le paradis.

Quand elle était arrivée, sa valise à la main, Henry, le propriétaire des chalets, lui avait parlé franchement :

— Je n'ai pas de chalet de libre pour vous loger, mais si vous avez vraiment besoin d'un endroit où rester, vous pouvez dormir dans le bâtiment à côté du bureau.

— Le débarras ? avait demandé Summer, incrédule, coulant un regard au petit bâtiment qui donnait l'air de pouvoir contenir un chariot de femme de chambre, mais pas grand-chose d'autre.

— Ouais. Il n'y a pas de cuisine ni de salle de bains, mais vous pouvez utiliser la petite douche et les toilettes à l'arrière du bureau.

Summer avait inspiré profondément et avait failli dire à Henry où il pouvait se fourrer son motel pathétique et son offre de logement pas si charitable, mais elle se mordit la lèvre et hocha docilement la tête. Elle n'avait pas vraiment le choix.

Quand Summer ouvrit le débarras, elle vit qu'il contenait effectivement un petit évier. Elle était soulagée de savoir qu'il y avait au moins un peu d'eau courante dans sa nouvelle « maison ». L'évier était principalement utilisé pour remplir le seau d'eau, mais cela ne faisait rien. L'important était d'avoir de l'eau. Le bâtiment n'avait ni chauffage ni climatisation, ce qui n'était pas très grave en été parce qu'il faisait rarement chaud dans les montagnes. L'hiver serait une autre paire de manches, mais Summer se dit qu'elle s'en inquiéterait quand le temps serait venu. D'ici là, elle aurait peut-être gagné assez d'argent pour emménager dans un véritable appartement et ce ne serait plus un problème. Le petit débarras n'était pas très solide, mais elle savait que nécessité faisait loi.

Son lit était une petite couchette pliante placée contre le mur qu'Henry avait sortie d'un placard quand elle lui avait demandé où elle était censée dormir. Un pied manquait, alors elle était bancale et oscillait de façon précaire lorsqu'elle s'y asseyait ou bien s'y allongeait. Heureusement, c'était un des pieds du bas qui manquait, alors elle ne passerait pas ses nuits avec la tête plus basse que les jambes.

Summer était entourée de serpillières, de balais et d'étagères couvertes de divers accessoires et liquides de nettoyage. Cela sentait l'ammoniaque et d'autres produits de nettoyage puants, mais elle en était reconnaissante. Elle supposait que certaines personnes la considéreraient elle et sa vie avec dédain, se sentiraient même désolés pour elle ou bien la prendraient en pitié. Mais après avoir vécu une vie soi-disant parfaite et s'être quand même retrouvée dans la misère, au moins maintenant, Summer ne pouvait compter que sur elle. C'était libérateur.

Le seul problème qu'elle avait avec sa nouvelle vie était qu'elle avait toujours faim. Elle ne gagnait pas assez d'argent pour se permettre d'acheter des repas conséquents et d'ailleurs, elle n'avait nulle part où stocker de la nourriture. Elle n'avait pas de réfrigérateur ni de poêle pour cuisiner quoi que ce soit. Henry avait accepté à contrecœur de lui fournir le petit-déjeuner, le soustrayant bien entendu à sa paye déjà bien maigre, mais Summer était livrée à elle-même pour le déjeuner et le dîner.

Henry lui avait expliqué pourquoi il servait un petit-déjeuner continental aux gens qui restaient à l'hôtel.

— Je n'en ai vraiment pas envie ; c'est de l'argent gâché, si vous voulez tout savoir, mais à cause de tous ces hôtels et ces lieux super classe, c'est ce à quoi les gens s'attendent. Ce sont des grippe-sous et ils en veulent toujours de plus en plus pour de moins en moins d'argent, s'était-il plaint devant elle.

Summer s'était contentée de secouer la tête. Elle

n'avait pas osé dire ce qu'elle pensait, à savoir que c'était Henry qui était le grippe-sou.

— Maintenant, il faut que j'aille faire les courses toutes les semaines pour acheter des fruits et tout ça. Ça coûte cher et je déteste ça. Je prends aussi des barres de céréales et des corn flakes. Les clients ne restent généralement pas pour discuter ; ils se contentent de prendre le petit-déjeuner gratuit que je leur fournis puis ils partent vers les pistes ou le lac.

Henry était enfin entré dans le vif du sujet – du moins pour Summer :

— Je crois que c'est bon si vous aussi prenez quelque chose tous les matins, mais sans exagérer. Si je vous surprends à prendre plus que vous êtes capable de manger et à profiter de moi, je changerai d'avis.

— Merci, Henry. C'est très généreux de votre part. Je prendrai juste un petit quelque chose tous les matins. Je n'abuserai pas.

Henry s'était contenté de grogner et avait dit à voix basse :

— J'espère que ça ne va pas changer.

Même si Summer avait promis de ne prendre qu'un petit quelque chose, elle parvenait généralement à chiper un deuxième fruit ou un petit pain à la table du petit-déjeuner, afin d'avoir un en-cas pendant la journée. Dîner restait généralement hors de question. Elle ne pouvait pas se permettre de manger dans un des établissements des alentours, et elle n'avait aucun moyen de transport et pas d'argent pour aller manger aux fast-foods de la ville. Alors, après avoir nettoyé tous les chalets, ou bien elle faisait le tour du lac tout proche, ou alors elle retournait dans son petit trou et essayait d'ignorer les grondements de son ventre.

Heureusement, il n'avait pas fait trop froid jusque-là, mais la saison chaude prenait fin. Les températures se rafraîchissaient dans les montagnes. Henry lui avait dit qu'elle pouvait garder son travail durant l'hiver, mais il l'avait prévenue qu'elle gagnerait encore moins que jusqu'à présent. Il n'y avait pas autant d'activité pendant la saison froide et il ne pouvait pas se permettre de lui payer le salaire à temps plein qu'il lui versait présentement. Summer savait que c'était absurde. Il ne la payait déjà pas beaucoup, mais elle accepta quand même. Elle se dit que ce serait un endroit où passer l'hiver si elle en avait besoin et qu'elle partirait si elle en avait vraiment envie. Rien ne la retenait ici.

Dans l'ensemble, Summer était satisfaite. Elle était simplement fatiguée, fatiguée de se contenter d'exister. Mais qu'aurait-elle pu faire d'autre ? Elle n'avait pas le choix. C'était sa vie. Certes, elle avait un Master, mais cela ne l'avait pas aidée à sauver son mariage ni à conserver son emploi. Passons...

Summer s'éloigna de son chariot, les bras chargés de serviettes propres, et elle se tourna, sans regarder où elle allait, vers la porte de son chalet. Elle rebondit sur une poitrine dure et serait tombée à la renverse si l'homme qu'elle venait d'emboutir ne lui avait pas saisi les coudes pour la retenir. Summer leva la tête et déglutit. Elle se retrouvait face à l'homme le plus beau qu'elle avait jamais vu. Sans mentir. Le plus beau *et* le plus effrayant. Il était immense. Il faisait au moins une tête de plus qu'elle, et elle mesurait un mètre soixante-dix. Il avait de gros bras, des mains gigantesques. Mais ce qui était de plus effrayant chez lui était son expression. Les cicatrices qui tiraillaient sa bouche donnaient l'impression qu'il lui faisait la grimace. Ses cheveux étaient sombres et légèrement ébouriffés autour de son crâne. Il était vêtu de noir des pieds à la tête. Chaque détail, séparément, n'aurait fait que l'inquiéter, mais quand Summer y fut confrontée tous à la fois, elle trouva cela intimidant et eut peur. Mais comme l'inconnu resta immobile et silencieux, se contentant de rester planté là à baisser les yeux vers elle avec une expression indéchiffrable sur le visage, elle s'irrita un peu. Au bout de quelques secondes, voyant qu'il ne disait *toujours* rien, mais continuait de lui tenir les coudes et de la regarder, Summer sut qu'elle devait faire quelque chose.

— Euh, désolée, Monsieur, balbutia-t-elle.

Elle se serait écartée de lui si elle l'avait pu, mais il lui tenait toujours les coudes.

Elle s'était attendue à ce qu'il s'excuse, ou du moins lui réponde verbalement, mais il se contenta de la tenir pendant encore un moment, avant de la lâcher et de faire un pas en arrière. Il la salua du menton, puis la contourna et se dirigea vers un autre chalet non loin de là.

Summer le regarda partir. Elle aurait aimé pouvoir entendre sa voix. Elle pariait qu'elle était basse et raboteuse. Il avait les fesses musclées et... mince. Qu'est-ce qu'il lui prenait ? Elle fit volte-face et entra dans le chalet qu'elle était en train de nettoyer. Cet homme n'était pas pour elle. Personne ne l'était plus. Difficilement, elle écarta ce grand balèze de ses pensées et reprit la tâche monotone de remettre le chalet en ordre. Si de temps en temps ses pensées revinrent à cet homme et à ses fesses appétissantes, elle se dit que personne n'aurait pu le lui reprocher. Il était un spécimen remarquable du genre masculin.

Mozart entra dans son chalet et rit sous cape des actions de la femme de chambre. Elle l'avait fait sursauter quand elle l'avait embouti lorsqu'il était passé devant elle, mais heureusement, il ne l'avait pas renversée. Il ne se pensait pas vraiment silencieux et avait vraiment cru qu'elle l'aurait repéré, mais de toute évidence, il s'était trompé.

Il avait été surpris que cette femme aille si bien entre ses bras. S'il l'avait serrée contre lui, sa tête aurait été blottie au creux de son épaule. Il n'avait pas vu à quoi ressemblaient ses cheveux, puisqu'elle les avait rassemblés en un chignon sévère à l'arrière de sa tête. Ils présentaient visiblement un mélange de couleurs claires, mais il voyait également qu'elle n'était plus une jeunette. Il était surpris que ce ne soit pas une étudiante qui gagnait un peu d'argent tout en suivant des cours, mais elle n'était pas non plus une vieille dame qui travaillait pour tromper son ennui. Il devinait qu'elle devait avoir son âge : probablement dans les trente-cinq ans. *Big Bear Lake Cabins* n'était certainement pas un endroit où il s'était attendu à rencontrer quelqu'un comme elle.

Elle était attirante, Mozart l'admettait volontiers, mais cela ne lui plaisait pas ; il était occupé. Pourtant elle sentait bon et avait des ridules séduisantes au coin des yeux. Elle les aurait probablement traitées de pattes d'oie. Dans l'ensemble, le portrait était flatteur.

Mozart se moqua de ses idées ridicules. Il avait discerné dans les yeux de cette femme une lueur d'intérêt qui avait cédé le pas à la consternation. Ce n'était pas la première fois que cela lui arrivait. Les femmes le trouvaient beau de prime abord, puis dès qu'elles remarquaient ses cicatrices, elles étaient dégoûtées. Mais avec le recul, la femme de chambre n'avait pas semblé dégoûtée, simplement surprise. Une fois qu'elle était parvenue à retrouver son équilibre, elle l'avait regardé droit dans les yeux et elle avait même paru s'irriter contre lui. Cela faisait longtemps qu'une femme n'avait pas pris la peine de lui montrer une *vraie* émotion. Il avait plutôt l'habitude que les femmes soient fausses et fassent leur possible pour l'entraîner dans leur lit. Et elle était plutôt mignonne quand elle était en rogne.

Il secoua la tête et essaya de chasser la femme de

chambre de ses pensées. Il devait se concentrer sur Hurst et sur l'endroit où il pouvait se trouver. Elle était très jolie, mais il n'avait pas le temps de conter fleurette. Il pensa aux infos que Tex lui avait envoyées avant qu'il ne quitte Riverton. L'homme qu'ils soupçonnaient d'être Hurst était apparemment en train de camper quelque part dans la forêt qui entourait le lac. On avait rapporté de menus larcins de petits objets et Mozart aurait parié sur sa vie que Hurst était le coupable. Il sortit les cartes topographiques de Big Bear et essaya de cerner l'endroit où se terrait ce fils de pute. La forêt qui entourait la zone était immense, mais s'il y était, Mozart le retrouverait. Il avait été entraîné par l'élite. Hurst ne se rendrait même pas compte qu'il était surveillé avant qu'il ne soit trop tard.

3
———

Summer essayait d'ignorer le grand costaud du chalet numéro trois, mais il était difficile de ne pas le remarquer. Chaque fois qu'elle nettoyait son chalet, elle avait conscience qu'il sentait bon. Elle s'était permis une seule fois d'enfoncer le visage dans une de ses serviettes et elle s'était sentie honteuse de l'avoir fait. Bien sûr, il ne savait même pas qu'elle existait. Premièrement, elle n'était qu'une simple femme de chambre, et ensuite, il était craquant, même avec ses cicatrices. Pas comme elle. Elle ne se rabaissait pas ; mais elle avait conscience de ce qu'elle était et ce qu'elle n'était pas. Dans son ancienne vie, elle savait qu'elle aurait eu besoin de perdre des kilos, ce qui était difficile à faire avec un emploi sédentaire. Mais à présent qu'elle ne mangeait qu'un seul repas par jour, elle avait perdu du poids, beaucoup trop même. Elle se dit que cela ne l'aiderait pas à être plus belle.

Cet homme était extrêmement propre. Tous ses vêtements étaient rangés dans les tiroirs de la chambre. Ses chaussures étaient alignées contre le mur. Les serviettes dont il s'était servi étaient suspendues à la barre de douche. Il faisait son lit tous les matins. Il n'y avait vraiment pas grand-chose à nettoyer dans sa chambre, mais elle passait toujours l'aspirateur et changeait ses serviettes. Elle l'avait vu deux fois au bureau. La première fois, il mangeait son petit-déjeuner, habillé pour la randonnée. Elle avait vu son sac à dos contre un mur et il portait des rangers, une chemise de flanelle et des pantalons camouflage. La deuxième fois qu'elle l'avait vu, c'était lorsqu'elle avait toqué à sa porte pour nettoyer sa chambre et qu'il lui avait ouvert, lui avait adressé un signe du menton et était parti. Elle se demanda ce qu'il faisait et combien de temps il allait rester.

La plupart du temps, lorsque les gens venaient aux chalets, c'était le temps d'un week-end prolongé, et ils étaient presque toujours en couple. Il n'était pas commun que quelqu'un reste aussi longtemps que cet homme et soit seul. Elle avait remarqué qu'il partait en randonnée presque tous les jours, alors il avait peut-être besoin de passer des vacances et recherchait la solitude. Elle haussa mentalement les épaules. Elle avait une autre journée devant elle. Elle ignora son ventre qui grondait et se força à fermer puis à verrouiller la porte du chalet avant de se diriger vers la chambre suivante.

* * *

Mozart soupira. La journée avait été longue mais productive. Il avait trouvé des preuves qu'une personne s'était trouvée dans les montagnes des environs et il se disait que c'était forcément Hurst. Il avait pris garde à ne pas déranger le campement primitif afin que Hurst ne sache pas que quelqu'un le pistait. Il n'avait jamais été aussi près de l'attraper. Il avait songé à appeler Cookie pour voir s'il pourrait venir lui prêter main-forte, mais il s'était ravisé. Cookie et Fiona avaient toujours à gérer les problèmes de cette dernière, et il ne voulait pas les perturber alors qu'ils profitaient d'une rare semaine de vacances.

Mozart se laissa glisser sur la chaise du porche devant le petit bureau. Il avait remarqué que tous les soirs, les gens qui dormaient dans les chalets se rassemblaient autour du bureau pour discuter. Il n'était pas du genre à souhaiter l'attention d'autres personnes, mais il n'était pas encore prêt à retourner dans son chalet. La soirée était belle.

Mozart tenait mollement sa bière à la main quand il vit un monospace s'arrêter sur le parking. Trois femmes en descendirent. Elles étaient du genre à passer des heures au spa et dans la salle de bains avant de mettre le nez à l'extérieur, et portaient toutes des robes moulantes et des talons hauts. Visiblement, elles venaient de passer une soirée dehors à fêter quelque chose. Les chalets n'étaient pas exactement le Hilton, alors Mozart se demanda brièvement ce qu'elles venaient faire ici. En tant qu'homme, il admirait également la façon dont leurs robes mettaient leurs corps en valeur. Cela faisait longtemps qu'il n'avait pas connu de femme et celles-ci étaient des créatures remarquables.

— Oh, merde, Cindy ! dit la femme à la robe bleue d'une voix un peu trop forte. Il avait l'air chaud depuis la voiture, mais tu peux le prendre. Je ne serais pas capable de le regarder pendant qu'on couche ensemble.

Les trois femmes ivres ricanèrent.

— Mais tu peux toujours lui demander de te prendre en levrette pour ne pas avoir à voir son visage, répondit celle qui s'appelait apparemment Cindy. Je me le ferais bien ; regarde ses muscles !

Malheureusement, depuis sa blessure, Mozart s'était habitué à ce genre de commentaires durs de la part des femmes. Il siffla le reste de sa bière et voulut se redresser pour partir. Elles pouvaient penser ce qu'elles voulaient, mais il n'allait pas rester ici à les écouter. Leurs commentaires superficiels ne méritaient pas de réponse.

Mais avant qu'il ne puisse faire un seul mouvement, quelqu'un derrière lui glissa la main sur sa poitrine en une tendre caresse, et il sentit une femme se pencher sur lui.

N'ayant pas le temps de réagir, il entendit une voix

rauque derrière son oreille droite, assez forte pour que les trois garces puissent l'entendre :

— Allons, mon chéri, ces trois orgasmes que tu m'as donnés avant le dîner n'ont pas suffi. Je n'arrive pas à croire que tu sois resté dur aussi longtemps. Avant d'appeler le jet, est-ce qu'on peut refaire une session dans la douche ?

La mystérieuse femme frotta son nez contre sa joue scarifiée, tout en faisant courir les deux mains de bas en haut sur sa poitrine.

Le corps de Mozart se raidit. Il serra les dents et sentit sa mâchoire se contracter. Même s'il ne savait pas exactement ce à quoi elle jouait, le ton de sa voix et ses paroles le firent bander. Il leva une main et la passa autour d'un de ses avant-bras alors qu'elle continuait de le caresser de son autre main. Mozart ne savait pas s'il voulait arracher cette main de son corps ou bien la plaquer de force sur son entrejambe. Il ne fit ni l'un ni l'autre et se contenta de la tenir alors qu'elle la faisait courir sur sa poitrine de haut en bas. Il vit alors les garces en rester bouche bée alors qu'elles passaient devant eux pour entrer dans le petit bureau.

La femme qui avait les mains sur lui n'en avait apparemment pas fini. Alors que le trio passait près d'eux, il la sentit tourner la tête vers elles alors qu'elle leur jetait un rictus moqueur, prouvant qu'elle savait parfaitement qu'elles l'avaient bien entendue.

— C'est *vraiment* un homme et il est *tout* à moi. Si

vous êtes trop stupides pour vous arrêter à son visage, alors vous ne méritez pas qu'un homme passe sa nuit à vous donner du plaisir. Et *croyez*-moi, il sait comment utiliser tous les *centimètres* de son corps pour *me* satisfaire.

Puis la femme se leva, prit la main de Mozart et l'entraîna loin du porche, vers son petit chalet. Mozart ne regarda même pas en arrière pour voir ce que faisaient les autres femmes ; il n'avait d'yeux que pour cette force de la nature qui l'entraînait vers sa chambre.

Summer avait l'impression que son cœur battait à mille à l'heure. Que devait-il penser d'elle ? Mais elle avait été incapable de rester plantée là et laisser ces garces dire ces choses sur lui. Même si elle ne le connaissait pas vraiment, elle avait l'impression d'avoir une sorte de connexion avec lui. Après tout, elle avait nettoyé sa chambre et touché son linge... du linge qui avait été en contact avec son corps. Personne ne méritait d'être traité de la sorte.

Elle ne savait pas ce qui lui était arrivé ni comment il s'était fait ces cicatrices au visage, mais elle avait la sensation qu'il était probablement une sorte de militaire. Il en avait l'air et il souffrait peut-être d'une sorte de syndrome de stress post-traumatique, et c'était la raison pour laquelle il effectuait de longues promenades dans les bois. Il était toujours poli avec les employés du motel. Il était propre. Il était discret. Cela dit, si Summer avait pris le temps de réfléchir à ses actes, elle n'aurait probablement rien fait. Elle était vraiment embarrassée, mais elle devait continuer jusqu'à ce que les femmes soient parties.

Quand ils atteignirent la porte qui menait à son chalet, Summer s'arrêta, inspira profondément et tourna les talons, se retrouvant alors face à cet homme immense qui lui tenait toujours la main.

Mozart regarda la femme qui le précédait inspirer profondément avant de se tourner. Il sourit. À présent qu'il voyait son visage, il savait exactement qui elle était. C'était la femme de chambre ! Il attendit qu'elle prenne la parole.

Summer voulut reprendre sa main, mais il refusa de la lâcher. Elle le regarda avec une certaine nervosité et vit un sourire en coin s'épanouir sur son visage. Alors, tous les mots qu'elle avait à l'esprit s'envolèrent aux quatre vents.

— Pourrais-je au moins connaître le nom de celle à qui j'ai apparemment donné trois orgasmes et du plaisir toute la nuit ?

Summer faillit s'étrangler. Quel embarras !

— Je suis vraiment désolée de ce qui vient de se passer, dit-elle rapidement. Ces femmes se sont tellement mal comportées ; j'ai simplement voulu les rendre jalouses pour qu'elles comprennent ce qu'elles rataient. Je n'avais vraiment pas l'intention de vous embarrasser. Je suis vraiment désolée.

Sa voix mourut quand elle se rendit compte qu'il souriait toujours.

— Votre nom ? demanda Mozart à voix basse.

— Quoi ?

— Comment vous appelez-vous ? répéta-t-il d'un ton badin, sans la moindre trace d'irritation.

— Summer, répondit-elle sans y penser.

Mince, elle aurait peut-être mieux fait de ne pas ouvrir la bouche sans réfléchir au préalable. Cela l'avait toujours placée dans des situations embarrassantes par le passé, et apparemment, même après des années, elle n'avait pas retenu sa leçon.

— Summer, lui dit Mozart, je ne suis pas gêné. Je crois que c'est une des choses les plus gentilles que quelqu'un ait faites pour moi depuis longtemps. Ne soyez pas désolée. Merde, ne le soyez pas. Je n'oublierai jamais la tête qu'elles ont tirée quand vous avez dit « jet ». J'aurais vraiment aimé filmer la scène pour la montrer à mes amis.

Summer émit un petit rire, se sentant embarrassée et particulièrement consciente du fait qu'il lui tenait toujours la main. Elle était mal à l'aise, mais en même temps, elle ne l'était pas vraiment.

— Je ne sais pas ce qui m'a pris. Je ne suis généralement pas comme ça. Mais bon, il faut que j'y aille...

Elle ne termina pas sa phrase et réessaya de retirer sa main, mais il ne la lâchait toujours pas. Elle lui adressa un autre regard interrogateur.

— Acceptez de dîner avec moi.

Ce n'était pas vraiment une question ; cela ressemblait plutôt à une affirmation.

— Quoi ?

Summer avait certainement mal entendu. Elle savait qu'elle avait l'air bête à lui demander de tout répéter, mais elle était perdue.

— Venez dîner avec moi, Summer, répéta l'homme.

— Mais vous ne me connaissez même pas, répondit-elle, effarée.

Il s'esclaffa légèrement.

— Allons, Summer, je vous ai fait jouir trois fois avant le dîner.

Elle devint écarlate et baissa les yeux.

— Doux Jésus ; vous n'allez jamais me laisser l'oublier, n'est-ce pas ?

Sentant son embarras, Mozart devint sérieux. Il plaça un doigt sous son menton et le lui fit lever afin qu'elle le regarde, tout en remarquant qu'elle ne résistait pas.

— C'est trop facile de vous taquiner, mais s'il vous plaît, laissez-moi vous emmener dîner. Rien ne vous obligeait à prendre ma défense. Ce que racontent les gens sur moi ne me dérange absolument pas, mais vous ne le saviez pas. Vous avez pris des risques pour moi. En échange, laissez-moi vous offrir à dîner.

Summer le regarda à nouveau. Elle voyait qu'il était sérieux. Elle avait faim. Peu importait l'endroit où ils allaient ; cela faisait une éternité qu'elle n'avait pas consommé de véritable repas. Elle essaya une fois de plus de l'en dissuader.

— Mais je ne sais même pas comment vous vous appelez.

Il lui lâcha enfin la main, seulement pour la lui tendre à nouveau.

— Je m'appelle Mozart. Ravi de vous rencontrer, Summer.

— Mozart ? Vous savez jouer du piano ?

Il éclata de rire et resta planté là avec sa main tendue. Il serait resté ainsi toute la nuit si c'était nécessaire. Il avait oublié à quel point il était plaisant de courtiser une femme. Il n'avait pas été tenu de le faire très souvent et cela lui donnait l'impression de faire trois mètres de haut. Si Summer avait su à quel point elle était mignonne et que ses actions ne le rendaient que plus déterminé, il savait qu'elle aurait été mortifiée.

— Allons dîner ensemble et je vous dirai ce qui m'a valu mon surnom.

Summer sourit et secoua la tête d'un air exaspéré. Il était fou, mais elle se prenait à aimer cette folie. Enfin, elle plaça sa main dans la sienne et la serra.

— Je trouve que c'est du chantage, mais c'est d'accord.

Manifestement, ils allaient dîner tous les deux.

* * *

Mozart hocha la tête et commanda une bière. Une fois que la serveuse fut partie chercher leurs boissons, il se retourna vers Summer et la regarda pendant qu'elle lisait le menu.

— Vous n'allez même pas regarder le menu ? lui demanda-t-elle nerveusement.

— Non. Je suis déjà venu ici deux ou trois fois et je sais ce que je veux.

Le ton avec lequel il avait affirmé qu'il savait ce qu'il voulait rendit Summer nerveuse sans qu'elle sache pourquoi, mais elle ne releva pas. C'était peut-être la façon dont il l'avait regardée dans les yeux quand il avait prononcé ces paroles au lieu de regarder la carte. Elle baissa les yeux vers le menu comme si c'était le Saint-Graal et essaya d'ignorer la présence et le regard implacable de Mozart.

Quand la serveuse revint avec leurs boissons, Mozart commanda une entrée de sauce au cactus avec des frites et un faux-filet accompagné de pommes de terre et d'épinards. Summer commanda un aloyau saignant avec une pomme de terre au four et des haricots verts braisés au feu de bois.

Une fois que la serveuse fut partie, Mozart appuya ses coudes sur la table et demanda :

— Alors, depuis combien de temps travaillez-vous au motel ?

Ce n'était pas une question trop indiscrète pour briser la glace, mais Summer ne put s'empêcher d'être embarrassée. Elle était passée maîtresse dans l'art de fournir des réponses vagues qui donnaient l'air de répondre à la question sans rien véritablement dévoiler.

— Cela fait un moment que je suis ici. C'est bien, mais ce n'est pas quelque chose que je souhaite faire pour le reste de ma vie. Vous êtes là depuis un moment. Que faites-vous ici à Big Bear ?

— Oh, vous savez, je profite d'avoir des vacances pour faire des randonnées dans la forêt.

Summer hocha la tête ; elle avait correctement deviné. Quelque chose dans sa réponse ne sonnait pas juste, mais ce n'était pas comme si elle pouvait le lui reprocher alors qu'elle-même essayait d'éluder ses questions trop personnelles.

— Avez-vous croisé des animaux ?

— Oui, quelques cerfs, mais pas d'ours.

Summer rit.

— C'est plutôt positif, non ?

Mozart se contenta d'agiter la tête et de l'observer depuis l'autre côté de la table. Elle ne restait jamais en place. Elle tripota son verre d'eau, puis plaça sa serviette sur ses genoux. Mozart la vit remuer la jambe de haut en bas pour exprimer sa nervosité. En apparence, Summer semblait détendue et calme, mais il voyait qu'elle était stressée de se trouver avec lui. Cela lui plaisait. Pas son anxiété, mais le fait qu'elle se *préoccupe* assez de lui pour l'être.

— Parlez-moi de vous, Summer.

— Oh, euh…, dit-elle en haussant les épaules, il n'y a vraiment pas grand-chose à raconter.

— Je n'y crois pas une seconde. Allez, donnez-moi quelque chose à me mettre sous la dent.

Mozart avait réellement envie de connaître cette femme. Pas les détails superficiels, mais quelque chose la concernant qu'il n'aurait jamais découvert s'il n'avait pas insisté.

— Mon deuxième prénom est James.

Le voyant incrédule, Summer laissa tomber sa tête dans sa main, embarrassée.

— James ?

Comme elle ne lui expliqua pas immédiatement, Mozart se pencha en travers de la table et rabattit une mèche de cheveux derrière son oreille.

— Summer James. Cela me plaît.

Summer leva la tête et observa cet homme magnifique avec lequel elle était attablée. Honnêtement, elle ne savait absolument pas ce qu'il lui avait pris de venir à sa défense au motel. C'était manifestement quelqu'un qui prenait soin de lui. Il n'avait pas eu besoin qu'elle vienne à sa rescousse pour rendre ces femmes jalouses. Mozart était de loin l'homme le plus baraqué qu'elle avait jamais vu. Il aurait probablement été capable de les écrabouiller d'un seul regard. Mais elle s'était sentie *obligée* de jouer les héroïnes. Elle soupira, sachant que maintenant qu'elle avait révélé ce deuxième prénom si embarrassant, il faudrait bien qu'elle s'explique.

— Mes parents voulaient un garçon. Ils s'étaient convaincus que j'en étais un. Ils ne voulaient pas que le docteur leur révèle le sexe de leur bébé, persuadés qu'ils le savaient déjà à cause de trucs de grands-mères ou de choses dans ce genre. Alors ils avaient déjà choisi mon prénom. James. Ils ont été déçus en découvrant qu'en fait, j'étais une fille. Ils n'ont pas vraiment pris le temps de songer à un nom correct, alors ils ont choisi Summer parce que je suis née en juillet. Ils ont conservé James parce qu'ils s'y étaient attachés.

— Summer est un joli nom.

Elle leva brusquement les yeux vers lui et le regarda d'un air confus. Elle ne s'attendait pas à ce qu'il lui dise cela.

Mozart explicita ses propos :

— Vous aviez dit qu'ils n'ont pas pris le temps de penser à un nom correct. Je ne suis pas d'accord. Summer est un nom super. Il vous va bien. Vous avez les cheveux blonds, les yeux les plus bleus que j'ai jamais vus, de la couleur d'une belle journée d'été. Vous avez la peau bronzée... Je ne pense pas avoir déjà rencontré une femme à qui le prénom Summer aille mieux qu'à vous.

Oh, mon Dieu ! Elle se dit qu'elle allait fondre, ici et là, sur la banquette. Mozart la regardait à nouveau avec son intensité habituelle, et elle sentit la chair de poule redescendre le long de ses bras. Elle n'avait pas cherché des compliments, mais il lui en avait offert un remarquable.

— Euh, merci, parvint-elle seulement à couiner.

Heureusement, le serveur qui arriva avec leur nourriture lui épargna d'avoir à rajouter quoi que ce soit.

Summer mangea aussi lentement que possible, mais son steak était tellement délicieux ! Cela faisait une éternité qu'elle n'avait pas consommé un aussi bon repas. C'était comme si elle pouvait sentir son corps absorber les nutriments contenus dans la nourriture qu'elle avalait.

Mozart regardait Summer manger. Il était évident qu'elle appréciait sa nourriture, mais en l'observant de plus près, elle l'appréciait un petit peu trop. Ce n'était pas non plus trop visible, mais Mozart voyait que Summer s'efforçait de se tempérer afin de ne pas manger trop vite. Elle prenait une bouchée puis reposait sa fourchette contre son assiette, avant de poser les mains sur ses genoux pendant qu'elle mastiquait. C'était méthodique et réfléchi. Il pinça les lèvres, consterné. Il avait connu cela une fois ou deux dans sa vie. Lors d'une mission, presque toute l'équipe avait été capturée et on les avait à moitié affamés. Pendant presque un mois après leur sauvetage, il avait dû se forcer à ne pas se goinfrer à chaque fois qu'il s'asseyait pour manger.

Son corps lui avait dit de manger aussi vite qu'il le pouvait, mais son esprit avait lutté et essayé de lui faire comprendre qu'il y avait largement assez de nourriture et qu'il n'avait pas à faire des réserves ou à tout engloutir en une bouchée. Mozart détestait voir le même dilemme dans les actions de Summer. Il savait pourtant qu'il ne pouvait pas lui faire de réflexion parce que cela l'embarrasserait, et c'était la dernière chose qu'il aurait voulue.

— Alors, quel est votre nom de famille, Summer James ?

Mozart voulait en savoir le plus possible sur cette femme fascinante.

— Pack.

— Summer James Pack. Ça me plaît.

Summer se contenta de hausser les épaules. Ce n'était pas comme s'il était forcé d'apprécier son nom, mais elle se disait qu'elle était contente qu'il ne le déteste pas.

— Alors, vous m'aviez dit que vous me raconteriez l'histoire de votre surnom si j'acceptais de dîner avec vous.

Mozart reposa sa fourchette et repoussa son assiette, se penchant vers elle en posant les coudes sur la table. Il fut ravi de remarquer qu'elle continuait à manger pendant qu'il entamait son explication.

— Je suis un soldat d'élite, commença-t-il, satisfait de la voir simplement hocher la tête au lieu de s'émerveiller comme la plupart des femmes le faisaient quand il leur révélait son métier. C'est courant dans l'armée d'avoir un surnom. Généralement, ce sont des blagues un peu osées ou bien des dérivés du nom de la personne... ou bien carrément un rappel d'une connerie qu'on a faite.

— Et à quelle catégorie appartient Mozart ? demanda Summer en souriant.

— Malheureusement, la dernière, répondit-il en riant.

Il poursuivit son histoire, se ravissant du sourire qu'il vit monter sur son visage :

— Une nuit, après avoir quitté le camp d'entraînement, plusieurs autres matelots et moi sommes sortis et on a beaucoup bu. Ça faisait plusieurs semaines qu'on se donnait à fond et on était juste des gamins. On a fini dans un bar à karaoké.

Mozart s'interrompit un instant, ravi par le large sourire qu'affichait Summer. Quand elle souriait vraiment, cela illuminait son visage tout entier.

— Ouais, on s'est pris pour des superstars et apparemment, j'ai refusé de quitter la scène après avoir chanté trois chansons. Les invités étaient énervés – on les comprend – et un mec a crié : « Hé, Mozart, descends de la scène, maintenant, et laisse quelqu'un d'autre massacrer une chanson ». C'est parti de là. Il n'a pas suffi d'autre chose. Le nom m'est resté et mon incursion dans le monde de la musique a fini par me marquer pour toujours.

— Je suis certaine qu'il y a un bar à karaoké quelque part à Big Bear. On peut essayer de le trouver après avoir dîné.

— Oh, non, mon petit rayon de soleil, certainement pas. Je suis certain que si vous m'entendiez chanter, vos oreilles se mettraient à saigner.

Summer reposa sa fourchette et soupira. Elle aurait probablement pu manger plus, mais elle savait qu'elle aurait regretté d'avaler une autre bouchée. Mozart était drôle. Quand elle l'avait rencontré, elle n'aurait jamais deviné qu'il possédait un tel sens de l'humour. Cela lui rappela que les gens avaient toujours des profondeurs cachées.

— Alors, quel est votre vrai nom ?

— Je vous le dirai simplement si vous me jurez de ne jamais vous en servir.

Summer parut surprise.

— Quoi ? Pourquoi ?

Mozart sourit, essayant de ne pas paraître trop brutal. Il était sérieux, mais il ne voulait pas qu'elle ait l'impression qu'il soit en colère ou quoi que ce soit.

— J'ai cinq amis dans mon équipe des forces spéciales. On a tous nos surnoms. Trois d'entre eux ont des compagnes. La plupart du temps, les filles refusent d'utiliser nos surnoms. Wolf, Abe et Cookie n'y voient pas d'inconvénient, mais ça fait tellement longtemps qu'on ne m'a pas appelé autrement que Mozart que j'ai l'impression que leurs compagnes parlent de quelqu'un d'autre quand elles insistent pour m'appeler par mon prénom.

Summer décida de le taquiner. En réalité, peu lui

importait comment elle l'appellerait, mais elle avait décidé de l'embêter.

— Qu'est-ce que c'est ? Fred ? Winston ? Oh non, je sais. Sherman ?

Mozart tendit le bras pour lui prendre la main et fit semblant de lui tordre l'index pour se venger. Summer pouffa et essaya de retirer sa main de celle de Mozart, sans succès.

— Non, petite maligne. C'est Sam. Sam Reed.

— Sam.

Summer aimait sentir sa main blottie au creux de la sienne. Cela lui donnait une impression de... sécurité.

— C'est tellement ordinaire.

Mozart lui lâcha la main à contrecœur, se cala contre le dossier de sa chaise et croisa les bras.

— Ordinaire ?

— Ouais. Vous ne me donnez pas l'impression d'être un « Sam ». Vous avez l'air d'avoir un nom de dur à cuire.

— Comme quoi ?

Cette conversation plaisait énormément à Mozart.

— Euh, peut-être Jameson... ou bien Chase, ou Blake.

Se prenant au jeu, Summer poursuivit :

— Je sais, pourquoi pas Tucker ou Trace ?

— Bon sang, Summer. Sérieusement ? J'ai l'air d'un *Jameson* ? dit Mozart d'un ton hilare.

— Bon, peut-être pas, mais je ne suis pas certaine

de pouvoir vous appeler Sam non plus. C'est tellement... commun.

— Alors c'est une bonne chose que vous n'ayez *pas* à le faire. Vous avez promis.

— Non, pas du tout. C'est une simple supposition de votre part.

Mais quand Mozart ouvrit la bouche pour protester, elle le rassura :

— Je plaisante ! Je vous appellerai Mozart. Ne vous inquiétez pas.

— Merci, petit soleil, j'apprécie.

Summer sourit à ce colosse assis de l'autre côté de la table. *Petit soleil.* Son ex ne lui avait jamais donné de petit nom. Il l'avait toujours simplement appelée Summer. Elle n'avait pas réalisé qu'il était plaisant d'avoir un surnom affectueux jusqu'à ce que Mozart le lui dise... à deux reprises.

— Bon, vous êtes prête ? demanda-t-il en reposant sa serviette sur la table.

— Oui, merci beaucoup pour ce repas. J'apprécie, même si ce n'était pas nécessaire.

— Bien sûr que si. Vous avez pris ma défense. Cela n'arrive pas souvent. Généralement, les gens prennent garde de m'éviter. Mais vous n'avez pas hésité et vous êtes placée entre moi et ces femmes. Cela dit, pour être honnête, il ne faut pas que cela devienne une habitude. Vous ne savez absolument pas ce dont les gens sont capables. Elles auraient pu s'en prendre à vous ou bien j'aurais pu me comporter en connard et vous entraîner de force dans ma chambre pour vous apprendre à raconter des histoires.

— Je suis plutôt douée pour lire les gens ; je savais que cela n'arriverait pas.

— Vous voulez prendre le pain qui reste ?

Mozart changea de sujet, sachant qu'elle pensait sincèrement ce qu'elle venait de lui dire et qu'elle referait probablement la même chose. Il était convaincu qu'elle n'aurait pas demandé à emporter ce qui restait de nourriture chez elle, mais quelque part, il savait qu'elle en avait besoin et envie.

— Oui, si cela ne vous fait rien.

Summer essaya de hausser les épaules d'un air nonchalant, sachant qu'elle mangerait le pain pour son déjeuner – et probablement son dîner – le lendemain.

Quand le serveur posa l'addition sur la table, Summer essaya de la prendre pour pouvoir payer sa part. Elle ne pouvait pas vraiment se le permettre, mais elle se disait qu'elle devait au moins communiquer à Mozart qu'elle ne s'attendait pas à ce qu'il paye pour elle.

— Vous plaisantez ? demanda-t-il en arquant un sourcil et en tendant la main pour lui prendre l'addition avant que Summer ne puisse ouvrir la pochette pour y jeter un œil.

Elle le regarda simplement en disant :

— Non. Vous ne me connaissez pas. Vous n'avez aucune raison de payer pour mon repas.

Mozart sortit sa carte de crédit et la plaça dans la pochette qu'il posa au bout de la table.

— Je vous ai invitée à dîner, c'est à moi de payer. Croyez-moi, j'apprécie votre proposition. Je ne me rappelle pas qu'une femme l'ait déjà suggéré, mais je suis quand même irrité que vous puissiez vous imaginer une seule seconde que je pourrais vous *laisser* payer.

Summer le regarda pendant un instant puis, ne sachant pas quoi ajouter, elle murmura :

— Je vous remercie.

— Je vous en prie. Vous devriez toujours vous attendre à ce qu'un homme paye quand il vous invite, petit soleil.

— Ce n'est pas ainsi que fonctionne le monde aujourd'hui, Mozart.

— Eh bien, c'est ainsi que fonctionne le *mien*.

Summer le croyait volontiers. Mozart était intense, d'une façon qui disait : « je prends les choses en main, je suis un alpha ». Elle aurait voulu détester cette atti-tude, mais elle en était incapable. Jamais personne ne l'avait traitée de la sorte et elle trouvait presque effrayant de l'apprécier autant. Summer ne dit rien quand le serveur revint avec la note et que Mozart la signa. Il se leva et lui tendit la main alors qu'elle se redressait de la banquette.

Elle prit la main de Mozart et il ne la lâcha pas alors qu'il les faisait sortir du restaurant pour revenir à sa voiture. Il attendit qu'elle grimpe sur le siège passager et s'installe avant de refermer la porte et de faire le tour vers le côté conducteur.

Ils rentrèrent au motel dans un silence détendu.

Une fois arrivés, ils s'arrêtèrent devant le chalet de Mozart. Celui-ci regarda Summer sortir du véhicule et replacer maladroitement une mèche de cheveux derrière son oreille.

— Merci pour le dîner, Mozart, j'ai apprécié.

— De rien. Comment rentrez-vous chez vous ?

— Oh, je réside ici sur les lieux.

— Vraiment ?

Surpris, Mozart regarda autour de lui. Il ne voyait pas où elle pouvait bien rester, à moins qu'elle ne vive dans l'un des chalets ou bien qu'il existe une chambre attenante au bureau, ce qu'il n'avait pas remarqué lorsqu'il y était descendu pour prendre son petit-déjeuner.

— Oui. Merci encore pour cette nuit... Reposez-vous bien pendant vos vacances. Faites attention quand vous partez en randonnée. Ne mettez pas d'ours en rogne, c'est d'accord ?

Summer lui sourit nerveusement, espérant qu'il ne lui demande pas où elle habitait.

— D'accord, petit soleil. Merci à *vous* de m'avoir défendu contre ces garces ce soir.

— Je vois bien maintenant que vous n'aviez pas besoin que je fasse quoi que ce soit, mais sérieusement, j'espère que vous ne vous percevez pas comme défectueux d'une quelconque façon. Croyez-moi, vous n'êtes *pas* imparfait.

— Êtes-vous en train de flirter avec moi, Summer ? la taquina Mozart, enchanté de la voir rougir.

— Euh, non, je...

— Je vous taquine, petit soleil. Je n'y pense plus vraiment et honnêtement, je ne suis pas dérangé quand les gens me regardent bizarrement à cause de ça. Cela dit, ne vous gênez pas à chaque fois que vous voudrez en découdre avec des radasses qui me regardent de travers. Je ne protesterai pas.

Summer secoua simplement la tête en le regardant et sourit.

— Bonne nuit, Mozart.

— Vous aussi, petit soleil.

Mozart regarda Summer se diriger vers le bureau et disparaître à l'angle du bâtiment. Était-elle une parente du propriétaire ? Où vivait-elle exactement ? Qu'est-ce qui faisait qu'une femme aussi jolie et intelligente qu'elle paraissait l'être travaillait dans un motel aussi miteux que celui-ci ? Il avait une tonne de questions, et pas assez de réponses.

Il entra dans son chalet. Il avait assez à faire pour le moment, trop pour avoir le temps de songer aux mystères de Summer, mais il ne pouvait pas s'en empêcher. Elle avait couru un risque pour lui. Il avait été honnête avec elle en lui disant qu'il ne se souvenait pas de la dernière fois où quelqu'un avait fait une telle chose pour lui sans désirer quoi que ce soit en retour. Hormis ses coéquipiers, bien sûr.

Il s'allongea sur son lit et repensa à la soirée. Des

petites choses le dérangeaient à propos de Summer. Elle ne portait pas de manteau alors qu'il faisait un peu froid. Elle ne portait pas de maquillage. Ce n'était pas grave en soi, mais la plupart des femmes de sa connaissance auraient au moins fait l'effort de mettre quelque chose. Ses vêtements semblaient un peu trop grands pour elle, comme s'ils n'étaient pas à la bonne taille. Elle avait essayé de ne pas le montrer, mais elle était affamée.

Mozart ne l'avait également jamais vue dans le coin durant la soirée, alors d'où était-elle apparue ce soir-là ? Et même s'il ne l'avait jamais réellement *vue* avant ce soir-là, ses actions venaient de la placer dans son collimateur. Il y avait quelque chose en elle. Quelque chose qui lui donnait envie d'être celui qui lui donnerait trois orgasmes et du plaisir toute la nuit durant. Il savait que c'était de la folie. Il n'était pas homme à pourchasser les femmes ; du moins pas avant son accident. Il n'en avait jamais eu besoin. Elles étaient toujours venues à lui. Mais *cette* femme éveillait sa curiosité et il souhaitait résoudre son mystère. Ce qu'il ferait avant de partir.

Si Summer savait ce que Mozart pensait, elle aurait probablement trouvé un moyen de s'en aller dès ce soir. Mais elle se dit que c'était la dernière fois qu'elle le verrait. Il partirait probablement bientôt et on n'en parlerait plus. Elle était facile à oublier. Elle le savait. La vie le lui avait prouvé à de nombreuses reprises. Il n'était pas différent. Elle le *savait*.

Elle se blottit à l'intérieur du sac de couchage qu'elle avait acheté à la friperie. Celui-ci sentait légèrement le moisi, comme s'il était resté longtemps au magasin, mais il était chaud et pour le moment, c'était tout ce qui comptait pour elle. Elle s'endormit en pensant à Mozart et finit par rêver de lui aussi.

4

———

Le jour suivant, Mozart se réveilla tôt, comme à l'ordinaire, et il se mit en route avant le lever du soleil. S'il
voulait attraper Hurst, il savait qu'il devait le prendre
par surprise. Cet homme était un tueur et Mozart ne
pouvait pas se permettre de le sous-estimer.

Marchant en silence, il repensa à Summer. Il
rentrait à Riverton le lendemain. Sa permission prenait
fin et même s'il détestait devoir mettre un terme à sa
traque de Hurst, il lui répugnait également de partir
sans avoir véritablement appris à connaître Summer.
C'était fou ; il avait passé les dix-neuf années précédentes à vouloir venger Avery et rien ne s'était jamais
mis en travers de son objectif. Mais il avait suffi d'une
rencontre avec Summer pour que son intérêt soit piqué
et que son désir intense de revanche passe pour ainsi
dire à l'arrière-plan.

Elle était une énigme. Elle était intelligente et s'exprimait bien, mais elle travaillait comme femme de chambre dans un motel délabré. Mozart secoua la tête. Il ne comprenait pas, mais il allait le faire. Il voulait lui parler avant de partir. Il voulait lui assurer qu'il allait revenir. Il savait qu'il reviendrait pour continuer à traquer Hurst, mais pour être honnête, il savait que c'était également à cause de Summer.

Il voulait la présenter à ses amis, ce qui était vraiment inhabituel pour lui. Il avait toujours maintenu une limite bien ferme entre sa vie quotidienne et sa vie sexuelle. Les femmes avec lesquelles il couchait savaient à quoi s'attendre et que leur relation ne durerait qu'un soir. Parfois, il en gardait une pendant un peu plus longtemps, mais il les informait toujours au préalable qu'il n'était pas fait pour les relations à long terme et que si elles voulaient rester un peu plus longtemps pour coucher avec lui plusieurs fois, il ne s'y opposerait pas, les mettant toutefois en garde qu'elles ne devraient jamais s'attendre à davantage de sa part.

Étonnamment, même si cela le faisait passer pour un connard, la plupart des femmes acceptaient cet arrangement.

Il secoua la tête et se reconcentra sur son environnement présent. Il avait la sensation que ses jours de débauche étaient derrière lui, tout cela à cause d'une mystérieuse femme trop mince qui ne se rendait absolument pas compte de sa beauté. Il la retrouverait quand il retournerait au motel et lui ferait part de son plan : il voulait revenir et apprendre à mieux la connaître.

Mozart sortit de sa voiture sur le parking en terre battue du motel. Il soupira et fit courir une main dans ses cheveux. Il avait trouvé le campement de Hurst pour la deuxième fois, mais celui-ci était parti avant l'arrivée de Mozart. Il avait failli toucher au but, mais encore une fois, il était arrivé trop tard. Il avait déjà appelé Tex pour le mettre au courant de ce qu'il avait trouvé. Son ami lui avait assuré qu'il était à sa recherche et qu'ils l'attraperaient, mais Mozart se contenta de secouer la tête d'un geste neutre.

C'était une chose qu'on n'avait cessé de lui répéter, et il n'était pas plus près du but aujourd'hui que les policiers l'avaient été toutes ces années en arrière. Mozart se demanda pour la première fois de sa vie si on finirait un jour par attraper ce bâtard. Il repensa à ses coéquipiers et à leurs femmes. Pourrait-il un jour être aussi heureux qu'ils l'étaient ? Trouver la femme qui était faite pour lui compenserait-il le fait de ne pas avoir vengé Avery ? Il l'ignorait et ce n'était pas aujourd'hui qu'il trouverait la solution, mais cela demandait réflexion. Pour la première fois, il se permit d'admettre qu'il était las. La vie lui glissait entre les doigts, mais il ne savait pas vraiment comment l'arrêter.

Il parcourut les chalets du regard pour voir s'il pouvait trouver Summer. Il aperçut son chariot de nettoyage stationné devant le dernier bâtiment. Il s'y dirigea, espérant qu'elle s'y trouve. Il n'avait vu personne d'autre nettoyer les chambres depuis son arrivée, alors il espérait que le chariot signifie que Summer soit à l'intérieur.

Il aurait voulu ne pas sentir aussi... fort... mais il avait marché toute la journée et c'était inévitable. Et puisqu'il avait rendu ses clés dans la matinée, il n'aurait pas l'occasion de prendre une douche avant d'être rentré à Riverton.

Il jeta un œil à l'intérieur du chalet et aperçut quelque chose qui le fit sourire. Summer était en train de faire le lit et de jurer à mi-voix.

— Stupides draps. Pourquoi les lits doivent-ils être aussi lourds ? Bon sang, la plupart des gens normaux n'exigent pas qu'on leur change leur literie tous les jours, mais *ce* mec ? Oh que si. Bon sang !

— Vous avez besoin d'aide ? demanda Mozart en riant.

Summer virevolta en poussant un cri aigu, puis en voyant Mozart, elle le gronda en mettant une main sur sa poitrine.

— Seigneur, vous m'avez fait peur ! Ne refaites jamais ça !

Mozart sourit. Quand une femme lui avait-elle parlé de la sorte pour la dernière fois ? Il n'aurait su le dire. La plupart des femmes – et des hommes d'ailleurs

– avaient peur de lui. Les femmes minaudaient toujours et faisaient ce qu'elles pensaient qu'il attendait d'elles tandis que les hommes, typiquement, faisaient tous les efforts possibles pour l'éviter.

— Désolé, petit soleil. Je n'avais pas l'intention de vous faire peur, dit doucement Mozart à Summer en s'appuyant nonchalamment contre le chambranle de la porte. Je voulais simplement vous dire que j'ai rendu mes clés aujourd'hui et que je ne reviendrai pas avant un petit moment.

Quand Summer le regarda sans rien dire, il poursuivit :

— Je ne voulais pas partir sans vous le dire.

Mozart fut perplexe quand elle répondit :

— J'ai compris que vous aviez rendu la chambre quand je suis allée la nettoyer et que j'ai vu que toutes vos affaires avaient disparu. Pourquoi êtes-vous revenu pour me le dire ?

Summer était honnêtement perdue. Généralement, quand les gens s'en allaient, elle ne les voyait jamais plus. De temps en temps, quelqu'un revenait parce qu'il avait oublié quelque chose dans sa chambre et il allait lui parler pour lui demander si elle l'avait retrouvé, mais jamais personne n'était revenu pour lui dire qu'il partait.

— Si vous avez laissé votre carte magnétique dans la chambre, vous n'avez pas à la rendre. Ce n'est pas très grave.

Quand Mozart ne répondit pas, elle continua d'un ton hésitant :

— Est-ce la raison pour laquelle vous êtes revenu ? Pour me donner votre carte ?

Mozart fit un pas à l'intérieur et se dirigea vers elle. Il remarqua qu'elle eut un petit mouvement de recul avant de se reprendre et de camper sur ses positions.

— Je suis revenu parce que vous me plaisez. Parce que j'avais envie de vous revoir. Parce que je pense que j'ai envie d'être l'homme qui vous donnera vraiment trois orgasmes avant le dîner. Voilà pourquoi.

Sans attendre sa réponse, il fit deux pas en avant jusqu'à ce qu'il se retrouve tout contre elle et il tendit la main pour lui saisir la nuque. Il l'attira près de lui afin que leurs lèvres se frôlent.

— Je ne pouvais pas partir sans vous goûter au moins une fois.

Les lèvres de Mozart se retrouvèrent sur celles de Summer avant qu'elle ne puisse dire quoi que ce soit. Elle était bouche bée, alors il n'eut aucun mal à glisser la langue sur ses lèvres et dans sa bouche.

Summer gémit et oublia immédiatement sa situation et l'endroit où ils se trouvaient. Elle ne parvint pas à penser à autre chose que la sensation agréable de Mozart. Elle leva les bras avec hésitation et les aplatit contre sa poitrine avant de les tendre pour les nouer derrière sa nuque.

Mozart s'apprêtait à reculer quand il sentit la langue de Summer sortir et se glisser timidement sur la sienne. Il lui fut alors impossible de s'arrêter. Il grogna et la serra plus près de lui. Il raffermit sa prise autour de son cou et plaqua son autre main au creux de ses reins, l'approchant contre son corps jusqu'à ce qu'ils se touchent de la tête aux hanches. Il approfondit le baiser et sentit Summer remuer sans cesse contre lui.

Mozart sentit la satisfaction l'envahir. Manifestement, le désir qu'il ressentait pour Summer était mutuel. Il ne parvint pas à lui dissimuler son érection, mais ses contorsions lui révélèrent qu'elle était aussi excitée que lui. Faisant courir une dernière fois sa langue sur ses lèvres, Mozart se retira lentement, ne lâchant ni sa taille ni sa nuque, mais séparant leurs bouches.

— Je reviendrai, Summer. J'ai envie de toi. J'ai envie de voir où cela peut nous mener, et pour une fois dans ma vie, je ne parle pas d'un coup d'un soir.

Summer ouvrit lentement les yeux et regarda l'homme dans les bras duquel elle était enveloppée. Elle retira sa main de derrière sa nuque pour la placer sur son visage tailladé. Elle frotta son pouce le long de sa cicatrice la plus marquée. Elle était flattée plus que toute mesure, non, elle était ravie que cet homme magnifique et viril la désire *elle*.

— Très bien, murmura-t-elle avec un sourire timide.

Mozart retira enfin sa main de son dos et prit son visage entre ses paumes, posant le front contre le sien.

— Prends soin de toi jusqu'à ce que je puisse revenir à toi.

Summer se contenta de hocher la tête.

Mozart se pencha et lui prit les lèvres pour un dernier baiser énergique avant de la lâcher et de reculer. Ils continuèrent à se regarder jusqu'à ce qu'il atteigne la porte de la chambre et disparaisse sur le parking.

Summer se laissa retomber mollement sur le lit défait.

— Bon sang, dit-elle doucement dans la chambre vide. Il m'a tuée !

5

Summer attendait. Mozart avait dit qu'il allait revenir. Le temps se refroidit, mais il ne revint pas. Elle ne savait pas ce qui s'était passé, mais elle n'était pas complètement surprise. Une partie d'elle voulait croire en lui. Il avait semblé tellement sincère, mais elle aurait dû le savoir. Toute sa vie, les gens lui avaient dit sincèrement des choses comme « je t'appelle » et « il faudra qu'on déjeune ensemble ». Mais la plupart du temps, ils n'appelaient pas et ne l'invitaient pas à déjeuner. Summer n'était donc pas entièrement surprise, mais elle se trouva quand même déprimée par l'absence de Mozart.

Elle savait qu'il était temps de passer à autre chose de toute façon. Les températures étaient froides dans les montagnes, même pour la Californie du Sud. Les gens pensaient que puisque c'était la Californie, il ferait chaud toute l'année, mais en fait, cette zone proposait des opportunités fantastiques de faire du ski dans l'État durant les mois d'hiver. À partir de novembre, Henry avait diminué son salaire de moitié, ce qui était ridicule parce que ce n'était pas comme si elle gagnait déjà beaucoup. Alors, elle était pratiquement coincée là jusqu'au printemps puisqu'elle n'avait pas de moyen de transport et que les températures froides rendaient beaucoup plus difficile pour elle de plier le camp. Quoi qu'il en soit, elle avait décidé de partir.

Mais pour le moment, aujourd'hui, Summer se sentait très mal. Elle savait qu'elle était malade. Qui ne le serait pas après avoir vécu dans ces conditions ? Elle ne mangeait pas assez et le débarras était glacé. Elle avait fourré des serviettes en papier dans les fissures pour essayer d'empêcher l'air froid d'entrer, mais cela ne servait pas à grand-chose. Henry lui avait donné un vieux chauffage d'appoint et l'avait autorisée à brancher une rallonge dans le bureau, mais elle ne l'utilisait guère. Il ne lui semblait pas très sûr. Cela dit, il y avait des nuits où il faisait tellement froid qu'elle n'avait tout simplement pas le choix.

Summer n'avait pas d'amis dans cette petite ville parce qu'elle était occupée à nettoyer les chalets, et même lorsqu'elle ne travaillait pas, ce n'était pas comme si elle avait eu un moyen de transport pour se rendre quelque part et rencontrer des gens. Elle était coincée et le temps était véritablement venu de partir. Dès que les températures seraient remontées et qu'elle aurait économisé assez d'argent pour acheter un ticket de bus, elle se casserait. Ce qui lui avait paru être une bonne idée voilà quelques mois lui semblait à présent stupide. Elle était une femme intelligente, et si elle avait rencontré quelqu'un dans la même situation qu'elle, elle se serait contentée de secouer la tête devant tant d'imbécillité.

Allongée sur sa couchette, elle se blottit plus profondément à l'intérieur de son sac de couchage. Elle ferma les yeux et pour la millième fois, elle se repassa le baiser que Mozart lui avait donné le jour où il l'avait quittée. Elle n'avait jamais été aussi attirée par quelqu'un de toute sa vie. Même son ex-mari ne lui avait jamais fait ressentir cela durant toutes les années qu'avait duré leur mariage.

Summer avait bien gagné sa vie et ils avaient eu une relation d'égal à égale ; presque trop, d'ailleurs. Elle soupira en se remémorant ce qu'elle avait ressenti quand Mozart l'avait plaquée contre lui, sans lui donner le choix de savoir si elle voulait ou non qu'il l'embrasse. Elle n'était pas une idiote ; elle avait lu son lot de romances où la femme était soumise à l'homme... et elle avait ricané à chaque fois. Mais à présent, alors qu'elle se remémorait ce qu'elle avait ressenti dans les bras musclés de Mozart, elle revenait sur ses positions. Se rappeler qu'il lui avait dit de « prendre soin d'elle » alors qu'il l'avait laissée dans le chalet suffisait à lui donner des papillons dans le ventre. Personne ne s'était jamais préoccupé de savoir si elle allait bien, et cette sensation lui plaisait. Malheureusement, il n'avait pas été sincère.

Summer s'endormit encore une fois en pensant à celui qui avait chamboulé sa petite vie monotone puis était parti sans même jeter un regard en arrière.

* * *

Mozart, assis avec ses amis à une table du *Aces Bar and Grill*, soupira. Il n'était pas vraiment d'humeur à passer du temps avec ses camarades, mais il avait promis qu'il serait là, alors il était venu. Caroline et Wolf étaient rentrés de leur voyage de noces l'air décontracté et heureux. Fiona et Cookie aussi s'étaient habitués à la vie conjugale. Fiona semblait bien plus détendue quand elle était en public, alors manifestement, ses séances avec la thérapeute lui avaient fait le plus grand bien.

Les pensées de Mozart revinrent à Caroline. Il se remémora la façon dont elle avait accepté qu'il recouse sa plaie quand elle avait été blessée dans l'avion qui avait été détourné par des terroristes. Il n'avait plus jamais connu ce genre de confiance... jusqu'à Summer. Ce n'était pas comme s'il avait dû lui recoudre une plaie au couteau ou ce genre de chose, mais elle avait pris sa main et l'avait autorisé à lui offrir à dîner. Elle l'avait laissé lui rouler une pelle et elle avait fondu dans ses bras. Summer n'avait pas peur de lui et elle avait pris sa défense sans même le connaître.

Mozart serra les dents. Putain de merde. Il avait dit à Summer qu'il reviendrait à Big Bear pour la voir, mais il n'y était pas retourné. Il essayait quotidiennement de se convaincre de le faire, mais il n'avait pas eu le temps. Non, c'était un mensonge, il n'avait pas *pris* le temps. Certes, lui et son équipe avaient été envoyés en mission plusieurs fois depuis qu'il était allé au lac, mais honnêtement, ce n'était pas une excuse. Ce n'était pas si loin en voiture et Mozart aurait parfaitement pu y parvenir en quelques heures pendant son temps de repos.

Il s'était convaincu que la connexion qu'ils avaient soi-disant ressentie n'était que dans sa tête. Mozart n'avait ramené qu'une seule femme à la maison depuis qu'il avait rencontré Summer, et cela avait été un véritable désastre. Il pensait seulement à Summer et à la façon dont elle avait affronté ces femmes pour lui. Récemment, quand il avait surpris sa nouvelle conquête à regarder ses cicatrices sur le visage avec dégoût, il avait immédiatement perdu son érection et tout désir de se retrouver nu avec elle. Il lui avait dit de partir et il était resté étendu sur son lit à songer au bordel qu'était sa vie sexuelle depuis qu'il avait rencontré Summer.

— À quoi penses-tu si fort, Mozart ? demanda Benny en s'asseyant à côté de lui avec deux bières.

Il lui en tendit une et avala une gorgée de celle qu'il tenait toujours à la main, attendant la réponse de son ami.

— Tu ne vas pas le croire si je te le dis, Benny.

— Essaye toujours.

— J'ai rencontré une femme…

Benny éclata de rire, interrompant son explication.

— Parce que c'est nouveau ?

Mais devant le silence de Mozart, Benny le regarda d'un air incrédule.

— Mince, t'es sérieux ? Toi aussi ? Je crois que je vais être le dernier laissé sur le carreau si vous tombez tous amoureux comme ça.

— Je n'ai pas dit que j'allais l'épouser, imbécile, marmonna Mozart en prenant sa bière et en la finissant presque d'une seule goulée.

— Oui, mais c'est de *toi* qu'on parle, Mozart. Tu es le séducteur. C'est toi qui t'occupes des filles quand on est en mission. Si tu penses plus à une femme qu'à une autre, tu es fichu. Dans ton esprit, tu lui as déjà collé une étiquette avec ton nom. Il faut juste que tu la revoies et que tu fasses quelque chose.

Mozart posa la bouteille de bière presque vide sur la table et regarda Benny d'un air pensif. Avait-il raison ?

— Laisse-moi reformuler, poursuivit Benny sans égard pour la tourmente qui faisait rage dans la tête de son ami. Quand l'as-tu vue pour la dernière fois ?

— Ça fait à peu près deux mois.

— Et la dernière fois que tu as couché avec quelqu'un ?

Mozart ne répondit pas pour prendre le temps d'y

réfléchir. Certes, il avait ramené cette femme à la maison, mais il n'avait pas été capable de conclure. Cela faisait à peu près deux mois et demi qu'il n'avait couché avec personne.

— À peu près deux mois, non ? insista Benny.

— Tu me fais peur, Benny, commenta Mozart.

Il recula sa chaise et croisa les bras.

— Attends, mon surnom ridicule ne signifie pas que je suis ignare. Mozart, tu es mon ami. Même si j'aime bien me moquer des autres gars qui sont attachés à leurs nanas, je pense que c'est super. Je donnerais n'importe quoi pour être à leur place. Je les vois super heureux et satisfaits, et je ne peux pas m'empêcher de désirer la même chose pour moi. Arrête de lutter contre toi-même. Si tu as trouvé quelqu'un qui te fait réfléchir à deux fois avant de sortir ta queue pour la première gonzesse qui en a envie, je dirais qu'il faut que tu explores cette piste.

— C'était vraiment une manière grossière de formuler la chose, mais je comprends.

Mozart sentit la boule dans son ventre prendre une taille presque insupportable. Il baissa la voix et toucha sa joue scarifiée.

— Je lui ai dit que je reviendrais, mais je n'y suis pas retourné. Je lui ai fait du mal. Je le sais.

— Alors rectifie le tir, Mozart, dit Benny, tout naturellement. Regarde Alabama et Abe. Elle lui a pardonné la connerie qu'il lui a faite. Si cette femme est faite pour toi, elle te pardonnera aussi, mais il faut que tu ailles la trouver. Si tu ne lui donnes pas cette chance, tu ne le sauras jamais.

— Bon sang, Benny, tu te prends pour un psy ou quoi ?

Benny se contenta d'éclater de rire et donna une claque dans le dos de Mozart.

— Ouais, bon, je ne veux pas que tu me fournisses tous les détails sirupeux ; vas-y et parle-lui. Vois si elle ressent ne serait-ce que la moitié de ce que tu ressens. Si c'est le cas, tu pourras essayer de voir si ça marche. Sans quoi, la situation ne sera pas pire que maintenant. Mais au moins, si tu sais, tu pourras passer à autre chose.

Mozart branla du chef.

— Je vais voir si le commandant veut bien me donner mon week-end. J'irai à Big Bear pour lui parler.

— Big Bear ? C'est pas là où tu es allé traquer Hurst ?

Toute l'équipe était au courant pour Hurst et la mission que Mozart s'était donnée de le faire payer pour ce qu'il était censé avoir fait à sa sœur. Quand ils s'étaient tous retrouvés, Mozart leur avait dit où il s'était rendu pendant sa semaine de libre. Il était impossible de garder un secret dans l'équipe.

— Tu penses qu'il s'y trouve toujours ?

— Oui, j'ai découvert des traces d'un campement, mais le temps que je revienne, il avait filé. Tex a bossé sur des pistes et même s'il n'est pas certain qu'il ait quitté la zone, il n'a pas encore repéré sa position. Il pourrait parfaitement se trouver à mille kilomètres de là, ou bien passer l'hiver au lac.

Le visage de Benny devint sérieux alors qu'il posait sa bière sur la table près de la bouteille vide de Mozart.

— Si tu as besoin de notre aide pour le traquer, tu n'as qu'à nous le demander.

— Je sais et j'apprécie. Je crois que cette fois, j'irai simplement voir si Summer est toujours là. Je ne lui en voudrais pas si elle avait quitté ce motel miteux pour rejoindre des températures plus clémentes.

— Je dis simplement que si tu en as besoin, on est avec toi.

— J'apprécie, Benny, vraiment.

Ils se saluèrent du menton et Mozart se leva, allant rejoindre Wolf et Ice pour les informer qu'il partait. Il les félicita encore tous les deux et quand Caroline se redressa pour l'étreindre une dernière fois, Mozart la fit basculer sur son bras juste pour irriter Wolf. Riant de le voir reprendre Caroline dans ses bras dès qu'il la releva, il leur dit qu'il rentrait chez lui.

— J'ai parlé au commandant et il pense qu'on repartira la semaine prochaine, le prévint Wolf.

— C'est noté, mais je ne pars que le week-end ; je ne pars pas traquer... pas cette fois. Je te tiendrai au courant et je devrais être rentré lundi.

— Tout va bien ? demanda Caroline d'une voix inquiète.

Mozart lui prit la main pour y déposer un baiser.

— Tout va bien, Ice. Et juste parce que je sais que tu es curieuse, je vais voir une femme.

Caroline leva les yeux au ciel.

— Je regrette d'avoir posé la question. Tu n'en as pas assez de toutes les garces qui se jettent sur toi quand tu es ici ? Il faut que tu partes dans les montagnes, maintenant ?

Mozart lui répondit d'un sourire. Il aimait le fait que Caroline n'ait pas peur de dire ce qu'elle pensait quand elle était avec lui et les autres soldats d'élite.

— Ce serait amusant, non ?

Il n'allait certainement pas lui révéler la véritable raison pour laquelle il se rendait à Big Bear.

Ice leva les yeux au ciel, comme il l'avait anticipé. Mozart adressa un signe du menton à Wolf et dit au revoir au reste de l'équipe, ainsi qu'à Alabama et Fiona. Alors qu'il se dirigeait vers la porte, il se demanda quelle sorte d'accueil Summer lui réserverait. Dieu savait qu'il ne méritait pas qu'elle soit contente de le voir, mais il espérait quand même qu'elle le soit.

———

6

C'est tard dans la soirée du vendredi que Mozart arriva aux chalets de Big Bear. Il se gara sur le parking familier et remarqua que seuls quelques chalets avaient de la lumière aux fenêtres. Une faible lumière brillait également à travers la fenêtre crasseuse du bureau.

Mozart serra sa veste contre lui et remonta la fermeture tout en sortant de sa voiture. Il faisait froid, le vent soufflait, donnant l'impression qu'il faisait bien dix degrés de moins qu'en réalité. Il n'y avait pas de neige par terre, mais cela allait probablement venir. Une fois que la neige commencerait à tomber, les chalets se rempliraient probablement un peu plus à cause de la saison du ski, mais généralement, les gens qui venaient dans cette région pour skier choisissaient un endroit mieux connu et plus populaire plutôt que ce motel délabré géré par un habitant du coin.

Mozart se dirigea à grands pas vers la porte du

bureau et posa la main sur la poignée. Elle s'ouvrit et une sonnette résonna au-dessus de sa tête quand il entra. L'espace était vide, mais très vite, quelqu'un sortit d'une pièce à l'arrière du petit bâtiment. Mozart reconnut le propriétaire du motel. Ils avaient échangé quelques mots la dernière fois qu'il était venu.

— Salut, je me souviens de vous. Vous avez besoin d'une chambre ?

Mozart se retint de lever les yeux au ciel en entendant son ton désespéré. Bien entendu, il se souvenait de lui ! Il était grand et effrayant et avait une grosse cicatrice sur le visage. Mozart n'était pas le genre d'homme qu'on oublie facilement.

— Peut-être. Je cherche Summer. Elle était femme de chambre la dernière fois que j'étais là. Est-ce qu'elle travaille toujours ici ?

Henry parut contrarié.

— Pourquoi ? Qu'est-ce qu'elle a fait ? Elle a volé quelque chose ?

— Seigneur Dieu, non. Pourquoi est-ce que vous avez pensé ça automatiquement ?

Mozart était en colère. Il ne connaissait pas vraiment Summer, mais il ne pensait pas qu'il existe une possibilité qu'elle soit une voleuse, et il était en rogne que ce soit la première chose qui soit venue à l'esprit de ce gars. Après ce qui était arrivé à Alabama, il était très sensible aux gens qui accusaient les autres de vol sans preuve.

— Je suis désolé, mec, je ne voyais pas d'autre

raison pour laquelle vous auriez voulu savoir si elle était toujours ici.

— Et est-ce qu'elle est toujours ici ? gronda Mozart avec une impatience mal dissimulée.

Il repoussa son envie de saisir l'homme par-dessus le comptoir délabré pour le secouer.

— Ouais, elle est toujours là. Vous voulez que j'aille la chercher ? céda Henry, comme s'il avait compris que Mozart était à deux doigts de perdre son calme.

— Non. Dites-moi simplement où elle se trouve.

Sans même songer que ce n'était peut-être pas une bonne idée de dire à un inconnu baraqué et en colère où vivait une femme seule, Henry désigna du pouce le bâtiment d'à côté.

— Elle dort dans le débarras.

Mozart fit un pas en arrière comme s'il venait de se prendre une gifle.

— Quoi ? Quel bâtiment ?

— Vous savez, le petit débarras. Elle a le droit d'y habiter comme salaire. Gratuitement. Vous savez, logée, mais pas nourrie.

— Vous plaisantez ?

— Euh... non ?

Mozart se contenta de secouer la tête, tourna les talons et se dirigea vers la porte.

— Aurez-vous besoin d'une chambre pour la nuit ? appela Henry derrière Mozart.

Mozart s'immobilisa. Il avait aussi envie de donner son argent à cet homme qu'il aurait voulu se prendre une balle dans la tête, mais il souhaitait également être près de Summer. Si Summer demeurait sur la propriété, il voulait y être aussi. Il se retourna vers le petit homme qui se tenait derrière le comptoir.

— Oui, une nuit. Si j'y reste une de plus, je vous le ferai savoir.

Henry se tourna vers le vieil ordinateur et appuya sur une série de touches.

— Carte de crédit ?

Mozart tira quelques billets de vingt dollars de son portefeuille et les jeta sur le comptoir.

— En liquide.

— Euh, d'accord. Je vais vous mettre dans la sept. Il n'y a personne d'un côté comme de l'autre, alors ça devrait être tranquille.

Comme Mozart ne répondit rien, Henry baissa les yeux et s'empressa de faire glisser la carte d'accès pour la programmer. Il tendit le papier à Mozart pour qu'il le signe et poussa un soupir de soulagement quand celui-ci empocha la carte et se tourna pour sortir du bureau.

— Le petit-déjeuner est servi de sept à neuf heures pendant l'hiver, lui cria Henry alors que la porte se refermait derrière le colosse.

Mozart serra les dents et regarda vers sa droite en sortant du petit bureau. Il observa soigneusement le petit débarras légèrement à l'écart. Il ne l'avait jamais vraiment regardé, parce qu'il n'avait eu aucune raison de le faire. Pourquoi l'aurait-il fait ? C'était un putain de débarras, pas un endroit où qui que ce soit aurait dû vivre. Mozart n'aimait pas ce qu'il voyait.

Il observa le bâtiment branlant. Celui-ci faisait probablement dix mètres carrés, pas plus, et n'avait qu'une seule porte et pas de fenêtre. La porte ne présentait qu'une vieille serrure. En s'y dirigeant, Mozart se dit qu'il n'aurait jamais cru que quelqu'un puisse *vivre* là ; le propriétaire devait se tromper.

Il n'y avait pas de fils électriques raccordés au toit de la baraque, mais en y regardant de plus près, Mozart aperçut une rallonge orange qui serpentait entre le bureau et un trou à l'arrière du bâtiment.

Il contint à peine sa colère. Il était impossible que ce soit sûr ou même légal. Il espérait vraiment qu'il ne trouve pas Summer dans ce taudis, mais il craignait de se tromper.

* * *

Summer frissonna à l'intérieur de son sac de couchage. Elle ne parvenait pas à se réchauffer. Elle avait l'impression que le vent fouettait l'intérieur de son petit bâtiment comme si elle avait laissé la porte ouverte. Elle avait cessé d'utiliser le chauffage d'appoint parce qu'il avait commencé à émettre des bruits tellement horribles qu'elle craignait qu'il ne mette le feu à la cabane si elle s'endormait en le laissant allumé.

La tête lui tournait. Cela faisait un moment qu'elle avait des vertiges, mais ce soir-là, c'était pire. Elle ne savait pas ce qui clochait, mais elle n'avait pas non plus le moyen de le découvrir. Henry s'attendait à ce que les chalets soient nettoyés, et ce n'est pas comme si elle pouvait prendre un arrêt-maladie. Et puis elle n'avait ni argent ni moyen de transport pour se rendre chez un médecin.

Summer faillit bondir quand elle entendit qu'on toquait sèchement à sa porte. Personne ne frappait jamais à sa porte. Les clients pensaient que c'était simplement un débarras, et si Henry avait besoin d'elle, il se contentait de l'appeler par la porte de service du bureau.

— Qui est-ce ? demanda-t-elle d'une voix tremblante.

— C'est Mozart. Ouvre la porte, Summer.

— Oh, mon Dieu ! murmura-t-elle.

Mince, il était vraiment là ? *Pourquoi* est-ce qu'il était là ? Elle ne pouvait pas le recevoir tout de suite. Haussant la voix pour qu'il l'entende, elle lui demanda :

— Pourquoi, que fais-tu ici ? Tu as besoin de quelque chose ?

— Oui, j'ai besoin de quelque chose, petit soleil. Ouvre cette satanée porte.

Mozart essayait de ne pas perdre patience avec Summer. Il entendait la surprise dans sa voix, et même une petite note de crainte.

— Je ne pense pas que...

— Ne pense pas. Contente-toi d'ouvrir la porte.

S'arrêtant un instant, il essaya de tempérer son impatience et parlementa avec elle :

— S'il te plaît. J'ai envie de te parler. J'ai *besoin* de te parler.

— Ça ne peut pas attendre jusqu'à demain matin ?

— Non.

— Je vais rester là. On peut parler dehors.

Summer s'assit sur sa couchette et ouvrit son sac de couchage. Mince, il faisait super froid. Elle n'allait certainement pas laisser Mozart entrer dans son petit espace pour parler. Elle irait le retrouver dehors et peut-être pourraient-ils aller au bureau ou bien dans sa voiture, ou encore ailleurs pour parler. Peu lui importait l'endroit où c'était, tant qu'il faisait chaud.

Summer fit basculer ses jambes hors du refuge de chaleur dans lequel elle avait été protégée, et elle se pencha pour prendre la torche posée sur un coin du lavabo. Elle l'alluma et le rayon illumina le plafond, éclairant le petit espace. Elle se redressa et fourra ses pieds dans ses baskets. Elle gardait toujours ses vêtements et ses chaussettes, alors elle était aussi prête que possible pour cette visite nocturne. Elle se dirigea vers la porte d'un pas traînant et fit jouer le verrou. Lorsqu'elle ouvrit la porte pour sortir, elle fut alors repoussée par un immense corps qui s'avançait dans son espace.

Mozart savait que Summer ne voudrait pas qu'il entre. Il ignorait comment, mais il le savait. Cela ne fit qu'exacerber sa détermination à entrer. Dès que la porte s'entrouvrit, il s'imposa, l'ouvrant doucement et pénétrant dans l'espace de Summer.

— Recule un peu, petit soleil. Je vais entrer.

— Oh, euh…

Summer n'eut pas l'opportunité d'ajouter quoi que ce soit avant que Mozart ne pénètre dans le bâtiment, le faisant paraître deux fois plus petit qu'il ne l'était vraiment.

Elle vit ses yeux qui parcouraient la pièce, observant le tout avant de revenir se poser sur elle. Elle frissonna, autant à cause de son regard que du froid.

Voir Summer trembler tira Mozart de sa stupeur. Il déboutonna immédiatement sa veste et la retira. Saisissant Summer par les épaules, il la fit se retourner dos à lui.

— Ton bras, lui ordonna-t-il d'un ton bourru.

Quand elle leva le bras, il le glissa dans une manche et fit la même chose pour l'autre quand elle le leva à son tour. Il serra la veste autour d'elle et la prit dans ses bras.

Elle avait l'air d'avoir encore perdu du poids depuis qu'il l'avait étreinte voilà à peine quelques mois. Elle tremblait légèrement et Mozart sentait qu'elle chancelait. Il serra encore plus fort les bras autour d'elle, la faisant se lover contre lui, forçant la chaleur de son propre corps à pénétrer dans sa peau.

— Je suis désolé, petit soleil.

Ce n'était pas ce qu'il avait eu l'intention de dire. Il avait préparé tout un discours sur le fait qu'il avait été occupé, sur ses missions. L'excuse englobait tant de choses, dont la plus importante était de ne pas être revenu à la montagne comme il l'avait promis.

Summer, fidèle à son caractère, ne demanda pas de quoi, ne profita pas de sa culpabilité, mais hocha simplement la tête et répondit :

— D'accord.

Mozart la fit se tourner vers lui et posa une autre main sur son épaule, lui faisant lever le menton de l'autre.

— Je suis vraiment désolé, petit soleil. J'avais dit que je reviendrais et je ne suis revenu qu'aujourd'hui.

Summer se contenta de hausser les épaules.

— C'est bon, Mozart. Je ne pensais pas que tu allais le faire.

Les mains de Mozart se serrèrent autour d'elle.

— Que veux-tu dire par là ? J'ai dit que j'allais le faire, non ?

— Les gens promettent tous les temps des choses. J'ai découvert que la plupart du temps, ils n'ont aucune intention de les honorer.

— Eh bien, quand *je* dis quelque chose, je le fais. Mais j'aurais dû revenir plus tôt. Je t'ai fait faux bond.

Il s'était répété tellement souvent qu'il avait envie de revenir la voir mais n'avait pas pu le faire. Et à présent qu'il voyait comment elle vivait et l'état dans lequel elle était, il avait vraiment envie de se botter le cul.

— Mozart…

Sachant qu'elle allait encore lui trouver des excuses, il l'interrompit :

— Non. Dis-moi que tu me crois. Dis-moi que tu sais que quand je dis quelque chose, je le fais.

Voyant la lueur entêtée dans son regard et ses lèvres pincées, Mozart ne put qu'éclater de rire.

— Bon. C'était prétentieux, je sais, mais je n'aime pas que tu penses que personne ne respecte jamais sa parole.

Mozart la prit à nouveau dans ses bras et la souleva alors qu'il s'asseyait avec précaution sur la couchette bancale. Il fit asseoir Summer sur ses genoux et garda les bras autour d'elle. N'ajoutant rien, il fit à nouveau courir son regard sur la petite pièce.

Le chauffage d'appoint était posé dans un coin, solitaire, silencieux et éteint. La rallonge orange à laquelle il était raccordé serpentait jusqu'au bout des planches qui composaient la paroi. Il repéra un évier, mais qui était vieux et fissuré. Des étagères longeaient les murs du fond, au-dessus de l'évier, croulant sous des bouteilles de produits ménagers et des chiffons de toutes sortes. Une valise était également plaquée contre le mur du fond. Elle était fermée, mais pas zippée.

Mozart ferma les yeux et posa la tête contre le côté de celle de Summer. Elle avait appuyé la tête contre sa poitrine et était assise maladroitement sur ses genoux, gardant ses mains entre eux, serrant sa veste autour d'elle.

Se redressant soudain en tenant Summer dans ses bras, il la serra fort quand elle sursauta.

— Calme-toi. Je te tiens, Summer. As-tu besoin de quoi que ce soit pour la nuit ?

— Euh… non ?

À cette réponse, Mozart fit en pas vers la porte et se pencha en avant afin que Summer puisse l'atteindre.

— Ouvre la porte pour moi, s'il te plaît.

Summer lui obéit et Mozart sortit dans la nuit glaciale, serrant fort Summer contre sa poitrine. Il referma la porte derrière lui d'un coup de ranger et se dirigea à longues enjambées vers le chalet numéro sept. Une fois parvenu à la porte, il laissa Summer poser les pieds à terre, mais il ne lui lâcha pas la taille. Gardant son corps serré contre le sien, Mozart sortit la carte magnétique de sa poche et la glissa dans l'encoche de la porte. Elle cliqua et il l'ouvrit.

Summer n'avait rien dit quand Mozart l'avait portée à travers le parking et avait ouvert la porte d'un des chalets. Il posa une main au creux de son dos et la guida à l'intérieur de la pièce une fois qu'il eut ouvert la porte. Il continua d'avancer jusqu'à ce qu'il soit parvenu vers la petite salle de bains.

— Prends une douche chaude, petit soleil. Je te trouverai quelque chose à mettre quand tu auras fini. Réchauffe-toi. Je vais revenir. Je vais passer en ville rapidement. N'ouvre la porte à personne. Je suis sérieux. Si ton patron frappe, ignore-le. Prends ton temps dans la douche. Tu as compris ?

Summer put simplement hocher la tête et le regarder. Elle était surprise et toujours légèrement choquée. Elle ne s'était pas attendue à revoir Mozart, mais il était là. Elle savait qu'il ne lui demandait pas vraiment de faire quoi que ce soit : il le lui ordonnait. Mais pour le moment, ses ordres ne la dérangeaient pas. Elle se sentait vraiment mal et était glacée. La perspective de prendre une douche chaude lui semblait divine.

Elle vit Mozart se pencher et lui frôler le front des lèvres.

— Vas-y. Je serai vite revenu avec des vêtements pour toi. Je les poserai devant la porte. Puis je pars en ville.

— Très bien, Mozart. Merci.

Summer savait qu'elle aurait dû contester ses tendances alpha, mais elle n'en trouvait pas la force.

— Ne me remercie pas, petit soleil. C'est moi qui suis responsable.

— De quoi ?

Summer était perdue.

— De quoi tu parles ?

— Allons, va prendre ta douche. On en parlera à mon retour.

— Bon sang, tu es irritant, souffla Summer, montrant enfin un peu de coriacité tout en essayant de se libérer de son étreinte pour faire ce qu'il lui avait demandé.

Mozart rit et murmura :

— Je suis certain que je t'irriterai encore plus

quand on apprendra à mieux se connaître, mais souviens-toi simplement que je n'ai que ton bien-être à l'esprit.

— C'est ça, oui, fut la seule réplique qu'elle parvint à trouver.

C'était nul, mais la douche l'appelait et elle était vraiment gelée.

Mozart la laissa partir et la regarda entrer dans la petite salle de bains et refermer la porte derrière elle. Il soupira et passa les deux mains dans ses cheveux en les faisant courir sur sa tête. Seigneur Dieu ! Durant tout ce temps, elle avait vécu dans un taudis pendant que lui trouvait des excuses pour ne pas revenir. Il aurait dû réfléchir davantage à sa situation la nuit où il l'avait emmenée dîner. Tous les signes avaient été là, mais il les avait ignorés. Pour un membre des forces spéciales, il n'était pas vraiment observateur. Bon sang, il était vraiment un imbécile.

Mais il était là, maintenant, et il allait rectifier le tir. Il s'assurerait qu'elle n'ait plus jamais ni faim ni froid. Il ne savait pas si elle allait apprécier sa solution, mais peu lui importait. Elle était à lui, bon sang. Elle était à la fois vulnérable et pétillante. Elle n'était pas une jeune femme naïve de vingt ans ; elle était comme lui : mûre. Une combinaison qui intriguait Mozart. Pas besoin d'y réfléchir à deux fois pour savoir qu'elle lui appartenait. C'était la vérité, tout simplement. Dès qu'il l'avait vue essayer de se comporter comme s'il était parfaitement normal de vivre dans une cabane et qu'elle lui avait dit qu'elle ne s'attendait pas à ce qu'il revienne, il avait su.

Mozart se dirigea vers son véhicule et prit son sac ainsi qu'une bouteille de soda qu'il avait oublié de boire durant le trajet jusqu'au lac. Il revint à l'intérieur du chalet et se rappela d'augmenter le chauffage dans la pièce avant de faire quoi que ce soit d'autre. Une pièce trop chaude serait peut-être désagréable pour lui, mais il aurait parié que Summer apprécierait ce surcroît de chaleur. Il sourit en entendant la douche couler. Il s'imaginait Summer se tenant sous le jet, dans sa nudité glorieuse. Il força son érection à se calmer alors qu'il retirait un t-shirt de son sac. Généralement, il ne portait pas de sous-vêtements, alors il n'avait pas de boxer à lui fournir. Et de toute façon, ils n'auraient pas été à sa taille.

Il chercha encore davantage et trouva un short qu'il mettait généralement pour courir. Il savait qu'il serait grand pour elle, mais il ne voulait pas non plus qu'elle se sente vulnérable sans quelque chose pour lui couvrir le bas du corps. Mozart se dirigea vers la porte de la salle de bains et l'ouvrit d'un cran. De la buée en sortit et il ne put retenir un autre sourire. Il savait qu'il avait dit à Summer qu'il laisserait les vêtements devant la porte, mais il n'aurait jamais pu résister à l'envie d'entrer dans la salle de bains même si sa vie en avait dépendu.

— Petit soleil ? Je laisse une chemise et des choses

sur le lavabo. J'ai aussi apporté du soda. Bois-le. Le sucre te fera du bien.

Comme elle ne répondit pas immédiatement, il l'interpella :

— Tu vas bien ?

Il entendit un cri étouffé et la vit sortir la tête de derrière le rideau. Manifestement, elle ne l'avait pas entendu quand il avait ouvert la porte pour lui parler.

— Mozart ? Sors de là !

— Très bien. J'y vais. Je voulais simplement m'assurer que tout allait bien avant de partir. Il y a des vêtements sur le lavabo. Bois le soda que j'ai laissé pour toi.

— Très bien. Sors de là !

Summer entendit Mozart rire tout en refermant la porte de la salle de bains. Elle aurait dû être bien plus en colère contre lui, mais elle ne put s'y résoudre. Cela faisait une éternité qu'elle n'avait pas pu se prélasser sous la douche, et c'était divin. Elle prit le petit shampooing bon marché qu'elle avait laissé dans la pièce plus tôt dans la journée et se lava deux fois les cheveux, utilisant les bulles de la mousse pour se récurer autant que possible. Puis elle mit de l'après-shampooing qu'elle rinça à son tour.

Puis, tournant le bouton jusqu'à ce que l'eau devienne encore plus chaude, elle s'assit et laissa le jet lui frapper le dos alors qu'elle restait blottie au fond de la baignoire. Elle gémit quand l'eau s'abattit sur ses omoplates et lui massa les muscles.

Ne sachant pas combien de temps s'était écoulé, elle tendit enfin la main derrière elle, coupa l'eau et demeura sans bouger pendant quelques instants. La salle de bains était tellement remplie de buée qu'elle n'y voyait pas plus loin que le bout de son nez. Elle avait froid depuis tellement longtemps que se sentir au chaud était paradisiaque. Enfin, elle se releva, titubant tant à cause de la chaleur que de la faim, et elle regarda à l'extérieur du rideau de douche pour vérifier qu'elle était bien seule.

Voyant que la porte était toujours fermée, elle tira le rideau et tendit la main vers l'une des serviettes. Elle était petite et râpeuse, mais peu importait. Une fois sèche, elle passa un des t-shirts de Mozart par-dessus sa tête et rit quand il lui tomba à mi-cuisses. Elle essaya d'enfiler le short, mais sut immédiatement que cela ne fonctionnerait jamais. Il était bien trop grand et elle ne parvint pas à le garder. Elle l'abandonna sur le comptoir et pria pour que Mozart soit aussi gentleman qu'il l'avait été jusque-là. Elle ne voulait pas rester complètement nue sous le t-shirt, alors elle remit sa culotte.

Avisant le soda posé sur le comptoir, elle commença immédiatement à saliver. Les boissons gazeuses ne lui plaisaient pas particulièrement, mais à cet instant, elle se dit qu'elle aurait pu mourir si elle ne le buvait pas dans la seconde. Elle ouvrit le bouchon, et se régala d'entendre le sifflement du carbone qui se rua hors de la bouteille. Elle la renversa et but à l'envi la boisson gazeuse. Elle était légèrement chaude, mais elle avait tellement bon goût. Elle termina la bouteille et poussa un soupir de contentement... immédiatement suivi par un rot tonitruant. Elle rougit, croisant fort les doigts pour que Mozart ne soit pas dans l'autre pièce, mort de rire.

Summer ouvrit d'un cran la porte de la salle de bains et regarda la buée qui se précipitait hors de la pièce quand elle la poussa en grand. Elle pénétra dans la petite chambre d'hôtel. Mozart n'était pas encore rentré, alors, évitant le lit, elle se dirigea vers le fauteuil placé dans un coin et replia les genoux contre sa poitrine, les recouvrant de l'immense t-shirt afin de se retrouver protégée du cou jusqu'aux orteils.

Elle savait que Mozart aurait des questions à lui poser, et elle n'aimait pas qu'il l'ait retrouvée dans une telle situation. Elle n'avait rien fait de mal, mais elle savait qu'il voudrait lui en parler. Il faudrait simplement qu'elle trouve quoi lui dire. Elle n'était généralement pas du genre à débobiner le récit de son existence tragique à n'importe qui. Elle voulait faire confiance à Mozart, mais elle se souvenait également d'à quel point elle avait été blessée par le fait qu'il avait promis de revenir mais ne s'était présenté que maintenant.

Elle pencha la tête sur le côté en songeant à lui. Il était bel et bien revenu. Il n'avait pas précisé dans combien de temps il reviendrait ; seulement qu'il le ferait. Alors techniquement, il n'avait pas rompu sa promesse. Elle soupira. Elle improviserait et verrait ce qu'il voulait quand il rentrerait. Il souhaitait peut-être simplement qu'elle passe la nuit au chaud. Après tout, il était membre des forces spéciales ; c'était dans sa nature de secourir les gens. Peut-être était-il simplement revenu pour remplir sa promesse ou pour repartir en randonnée.

Elle détestait attendre. Mozart reviendrait bien assez tôt. Posant la tête contre le côté de la chaise, elle s'endormit rapidement, sachant qu'au moins pour un moment, elle était au chaud et en sécurité.

7

Mozart jongla avec les sacs en ouvrant la porte de sa chambre d'hôtel. Il avait pris la voiture jusqu'en ville pour trouver de la nourriture. Il savait que Summer ne l'admettrait jamais, mais elle devait forcément avoir faim. Il n'avait pas vu de nourriture dans le débarras miteux dans lequel elle vivait, et bien entendu, il se rappelait à quel point elle avait apprécié le steak quand ils étaient sortis manger voilà deux mois.

La pièce était sombre, mis à part la lumière qui sortait de la porte ouverte de la salle de bains. Mozart regarda autour de lui et trouva Summer blottie sur le fauteuil dans un coin de la pièce. Il posa silencieusement les sacs de nourriture et se dirigea vers l'endroit où elle était endormie. Il s'agenouilla devant le fauteuil et posa une main sur le t-shirt qui recouvrait son genou, et l'autre sur l'accoudoir du fauteuil. Il lui frotta légèrement le genou, essayant de la réveiller doucement afin de ne pas lui faire peur.

— Summer ? Réveille-toi, petit soleil.

Mozart sourit quand elle grogna dans son sommeil et enfonça davantage le visage contre le côté de la chaise.

— Allons, réveille-toi.

Summer regarda Mozart, les paupières à demi closes, puis elle referma les yeux.

— Y suis-je vraiment obligée ? soupira-t-elle d'une voix bien plus geignarde qu'elle l'aurait voulu.

Mozart se fendit d'un large sourire. Seigneur, elle était mignonne.

— Non, pas vraiment, mais j'ai trouvé un magasin ouvert 24 h sur 24 et j'ai rapporté à manger.

Summer ouvrit brusquement les paupières d'un air comique.

— À manger ? Quoi ?

Mozart fit courir une main le long de sa joue. Il aurait voulu s'amuser de son attitude, mais il en était incapable. La plupart des femmes de sa connaissance se seraient contentées de se rendormir, mais il savait d'expérience que quand le corps a besoin de calories, la nourriture prend toujours le pas sur le sommeil.

— Assieds-toi et vois par toi-même, petit soleil.

Summer se redressa et déplia les jambes. Le t-shirt se retroussa et dévoila ses genoux, mais heureusement, il préservait toujours sa pudeur. Mozart ne l'avait pas quittée et sa main reposait à présent sur son genou dénudé. Ils se regardèrent pendant un moment.

— Ta cicatrice a meilleure apparence, dit-elle doucement en levant la main pour toucher les stigmates les plus marqués sur son visage.

Il grogna.

— Ouais, Ice a insisté pour que je mette de la crème tous les soirs. Je lui dis tout le temps que ça ne fait rien, mais elle refuse de lâcher l'affaire. Je le fais simplement pour qu'elle arrête.

— Eh bien, visiblement, elle sait de quoi elle parle. C'est vraiment mieux, Mozart.

Réalisant soudain qu'il risquait de croire que cela lui faisait quelque chose, elle s'empressa de se reprendre :

— Je ne veux pas dire que ce n'était pas bien…

— Allons, ce n'est pas grave.

Mozart posa ses doigts sur ses lèvres pour qu'elle arrête de parler et d'avoir l'impression de continuer à mettre les pieds dans le plat.

— Je sais ce que tu veux dire. J'ai beau chambrer Ice, c'est vrai que la crème me donne meilleure apparence.

La voyant soulagée, Mozart poursuivit :

— Allons, lève-toi et va voir ce que je nous ai acheté. Je ne m'étais pas arrêté en venant, alors j'ai pris un peu de tout.

Summer n'avait pas besoin de savoir qu'il mentait en disant qu'il ne s'était pas arrêté pour manger, mais il ne voulait pas qu'elle culpabilise à propos de tout ce qu'il avait acheté.

Elle se redressa et elle se serait écroulée si Mozart n'avait pas été là pour la rattraper.

— Oh là, prends ton temps. Je crois que la chaleur de la douche t'a donné le vertige. Laisse-moi t'aider.

Elle était trop embarrassée pour ajouter quoi que ce soit, et pour être honnête, elle était simplement trop affamée pour s'en inquiéter. Elle laissa Mozart la mener jusqu'au lit.

— Voilà, assieds-toi pendant que je regarde dans les sacs.

Summer s'assit et vit Mozart se pencher et prendre les sacs d'une seule main. Il s'installa à côté d'elle sur le lit, un genou plié et l'autre pied à terre. Fourrant la main dans les sacs, il en tira une miche de pain, un petit pot de beurre de cacahouètes, six canettes de jus de légumes, un pot de cornichons à l'aneth, deux boîtes de maïs, de haricots verts et de carottes, deux paquets de barres de céréales, une portion de provolone, des tranches de dinde, une salade dans un emballage, une petite bouteille de sauce ranch et un sac d'oranges et de pommes vertes.

Mozart leva des yeux penauds vers toute la nourriture éparpillée autour d'eux sur le lit. Summer jeta la tête en arrière et éclata de rire.

— Seigneur, Mozart, je pensais que tu étais juste allé acheter un casse-croûte.

Elle ne s'attendait pas à ce qu'il se penche en avant

et pose les mains près de ses hanches. Il continua de s'avancer jusqu'à ce que Summer n'ait pas d'autre choix que de se reculer et de poser ses mains derrière elle, sans quoi, il lui serait rentré dedans. Mozart affichait un air sérieux. Elle avait cru qu'il aurait ri avec elle devant cette pile de nourriture, mais apparemment, elle avait mal interprété son attitude.

— Tu ne manges pas suffisamment. Tu es encore plus mince que lorsque je t'ai prise dans mes bras il y a deux mois. Ça ne me plaît pas. J'ai acheté des choses qui peuvent se garder sans être réfrigérées. À part pour la salade, le fromage et la dinde, tout se gardera dans cette satanée cabane dans laquelle tu vis. Tu as besoin de plus de protéines. Je n'aime pas que tu aies le vertige quand tu te redresses, et cela ne me plaît pas que ton seul lit soit une couchette cassée et un sac de couchage dans un bâtiment plein de trous. Et je n'aime *vraiment* pas le fait que ta seule source de chaleur soit un radiateur flippant qui est à *ça* de mettre le feu à toute la structure.

Mozart brandit son pouce et son index à deux centimètres de distance afin de ponctuer sa phrase, puis il se pencha à nouveau en avant.

— Je ne sais pas pourquoi cela me préoccupe autant, mais c'est vrai. Je ne peux pas me l'expliquer plus que toi, petit soleil. J'ai commis une erreur en ne revenant pas à toi plus tôt, mais maintenant, je suis là et je te jure que je *te* vois à présent. Je n'ai pas l'intention de te faire flipper, mais je ne vais pas m'en aller.

Summer ne put que le dévisager en ouvrant de grands yeux. Oui, ses paroles auraient dû le faire flipper. Elle était une femme indépendante qui savait prendre soin d'elle, mais dernièrement, elle ne s'était pas très bien débrouillée, et elle était fatiguée. Elle aurait vraiment adoré laisser cet homme prendre soin d'elle. Si cela signifiait qu'elle était faible, alors qu'il en soit ainsi. Summer avait faim, elle était fatiguée et avait froid. Pour le moment, Mozart lui offrait d'alléger ses trois fardeaux. Elle prendrait ce qu'elle pourrait et espérerait que tout irait pour le mieux. Elle dit la seule chose qu'elle parvint à dire pour l'instant. La seule chose qu'elle pensait.

— D'accord.

— D'accord ?

Mozart semblait un peu perdu.

— D'accord.

Il sourit lentement puis secoua la tête en se reculant, lui donnant de l'espace.

— Tu vas me faire mariner, n'est-ce pas, petit soleil ?

Ne lui donnant pas le temps de répondre, il ajouta :

— Bon, alors, qu'est-ce que tu veux manger ?

Summer s'assit et caressa du regard la nourriture éparpillée autour d'eux.

— De la salade.

Elle avait tellement mal mangé au cours des derniers mois que son corps avait envie de légumes.

— Et une boîte de haricots verts. Puis une orange pour le dessert.

— Super. Reste assise, je vais te préparer ça.

Mozart quitta le lit, mais pas avant d'avoir fait courir sa grande main sur sa tête et replacé une mèche de ses cheveux blonds derrière son oreille. Il braqua alors son attention sur la nourriture et se servit d'un outil qu'il avait tiré de sa ceinture pour ouvrir la boîte de haricots verts. Il la tendit à Summer accompagnée d'une fourchette en plastique avant d'ouvrir l'emballage de la laitue. Il observa Summer du coin de l'œil alors qu'elle attaquait sa boîte de conserve. Une fois encore, il vit qu'elle essayait de se contrôler et se retenait d'engloutir la nourriture, mais elle avait un peu moins de retenue que la fois où il l'avait emmenée dîner.

Mozart laissa tomber la laitue dans un grand saladier en plastique qu'il avait également rapporté du magasin et ouvrit aussi les emballages de fromage et de tranches de dinde. Il découpa quelques morceaux de viande et de fromage et les mélangea à la laitue. Il ajouta un peu plus de sauce qu'elle aurait utilisée d'ordinaire, mais elle avait besoin de ces calories.

Il lui tendit sa salade revisitée et une autre fourchette en plastique, puis il s'assit sur le lit à côté d'elle, pelant une orange pendant qu'elle mangeait. Ils ne dirent rien, se contentant d'apprécier en silence leur compagnie mutuelle. Il ne pouvait pas s'empêcher de se sentir un peu comme un homme des cavernes. Il était parti chercher de la nourriture pour cette femme. Il lui offrait de la nourriture, de la chaleur et un endroit sûr où dormir, tout ce que les psychologues affirmaient être vital au bien-être d'une personne.

Summer reposa le saladier dont elle avait pratiquement englouti le contenu et elle soupira. Elle avait le ventre plein, mais elle avait quand même envie de la douceur de l'orange dont l'odeur imprégnait à présent l'atmosphère tout autour d'eux. Elle tendit la main vers le fruit, mais Mozart le tint hors de sa portée.

— Ouvre la bouche, lui demanda-t-il d'une voix bourrue et basse.

Summer ouvrit les yeux, lisant sur son visage le désir et la détermination.

— Je peux le faire, Mozart.

— Je sais que tu le peux, mais j'en ai envie. Ouvre !

Summer regarda Mozart dans les yeux et vit qu'il n'allait pas battre en retraite sur ce point. Elle ouvrit la bouche et gémit en mordant dans le premier quartier d'orange que Mozart lui fourra entre les lèvres. Elle ouvrit les yeux et rougit.

L'érection de Mozart était on ne peut plus évidente et il ne la lui dissimulait absolument pas. Il avait les jambes écartées et il était à nouveau assis latéralement sur le lit.

Voyant l'endroit où errait le regard de Summer, Mozart lui sourit.

— Je ne peux pas m'en empêcher, petit soleil. Les bruits qui sortent de ta bouche sont vraiment super sexy. Mais je suis un homme patient. J'attendrai que tu te sentes à l'aise avec moi. Mais tu es prévenue, cela ne signifie pas que je ne te presserai pas et n'essaierai pas de te faire te sentir à l'aise avec moi un peu plus vite.

Il lui tendit un quartier d'orange. Au lieu de répondre à ses allégations vaniteuses, Summer se pencha en avant et lui saisit le poignet. Elle s'y accrocha sans rompre le contact visuel et prit le quartier d'orange dans sa bouche. Le plaquant à l'intérieur de sa bouche, elle suça en même temps le doigt de Mozart. Elle lécha la phalange et mordilla le bout avant de se reculer et de lui lâcher le poignet.

— Je ne sais pas pourquoi tu penses qu'il me faudra du temps pour me sentir à l'aise avec toi, Mozart. Je me sens plus à l'aise avec toi que je l'ai jamais été avec mon ex, avec qui je suis restée mariée pendant dix ans.

Summer, fascinée, regarda un muscle se contracter dans la mâchoire de Mozart. Il serrait un poing si fort que ses jointures blanchissaient. Elle le regarda porter le doigt qu'elle venait d'avoir dans la bouche à ses propres lèvres et le sucer à son tour. Sans rompre le contact visuel avec elle, il desserra son autre poing et posa une main derrière sa nuque, l'attirant plus près de lui. Elle aimait quand il faisait cela. Certes, il ne l'avait fait qu'une seule fois, mais elle n'avait pas oublié la sensation. Il était vraiment dominant, mais cela la réconfortait, sans l'ombre d'un doute.

— Tu as fini de manger, petit soleil ?

Summer hocha la tête, prise dans sa pseudo-étreinte.

— Voilà ce qui va se passer. Je vais ranger la nourriture et tu vas te glisser sous les couvertures. Je vais me changer et revenir vers toi. On ne va pas faire l'amour ce soir, mais tu vas dormir dans mes bras. On va apprendre à mieux se connaître et quand on saura tous les deux que le temps sera venu, je vais te prendre tellement fort que tu oublieras tous les autres et ne pourras plus avoir qui que ce soit d'autre. C'est compris ?

Summer trembla de joie et lui répondit dans un murmure :

— C'est compris.

— Seigneur, petit soleil. Il faut que je sache avant de te laisser partir. Est-ce que tu portes quelque chose sous mon t-shirt ?

Summer pouffa et hocha la tête.

— Le short était trop grand, mais oui, j'ai remis mes sous-vêtements.

— Seigneur... Très bien, je vais me lever maintenant, alors redresse-toi et mets-toi dans le lit. Je prends le côté droit ; il est plus près de la porte.

Summer fit ce que Mozart lui disait sans le quitter des yeux. Elle le vit récupérer la nourriture et la poser sur la commode. Puis il passa dans la salle de bains et elle l'entendit tirer la chasse d'eau et se brosser les dents. Enfin, il éteignit la lumière et la pièce se retrouva plongée dans l'obscurité.

Elle sentit Mozart grimper dans le lit à côté d'elle. Sur le moment, elle n'avait pas réfléchi quand il avait dit vouloir prendre le côté du lit plus près de la porte, mais à présent, allongée dans le noir, savoir qu'il se trouvait entre elle et d'éventuels intrus lui fit courir la chair de poule sur tout le corps. Personne n'avait jamais fait ce genre de choses pour elle. Son ex n'avait jamais cherché à la protéger d'une quelconque façon, se disant qu'elle était capable de le faire toute seule.

Summer était allongée toute raide dans le lit, se demandant ce qu'il allait faire, mais elle n'eut pas à attendre très longtemps. Il roula sur le côté et la prit dans ses bras. Il ne la fit pas tourner pour qu'elle se retrouve dos à lui, se contentant de l'attirer dans son étreinte.

Elle avait gardé les bras entre eux et elle sentait qu'il avait retiré son haut. Posant les mains sur la poitrine de Mozart, elle blottit sa tête dans le creux entre son cou et son épaule. Elle inhala, ravie par son odeur.

— Tu es tellement chaud.

Summer le sentit agiter le menton et lui embrasser le sommet du crâne avant de reposer la tête sur l'oreiller.

— Chut, dors, petit soleil.

— Je dois me lever à huit heures pour aller prendre le petit-déjeuner, murmura Summer d'une voix endormie.

— J'ai dit chut. Ne t'inquiète pas pour demain. Je m'en occupe.

— D'accord... Mozart ?

— Tu ne dors pas, constata-t-il avec un soupir mécontent.

— Je voulais simplement te dire... merci d'être revenu. Les gens ne reviennent généralement pas.

Mozart serra Summer plus fort et, ne trouvant pas les paroles adéquates, il garda le silence jusqu'à ce qu'elle s'endorme dans ses bras. Ce n'est qu'alors qu'il murmura dans la pièce silencieuse :

— Je suis désolé d'avoir pris autant de temps. Je reviendrai toujours pour toi, petit soleil.

8

Summer se réveilla lentement le lendemain matin dans la chambre baignée de soleil. Elle sut immédiatement que l'heure était tardive. Elle allait rater le petit-déjeuner si elle ne se dépêchait pas. Si elle ratait la nourriture que Henry disposait pour les invités, elle savait qu'elle n'aurait pas l'occasion de manger quelque chose. Elle roula sur le côté, se remémorant soudain qu'elle n'était pas dans le petit débarras.

Cela faisait très longtemps qu'elle ne s'était pas sentie aussi bien. La faim ne lui tordait pas le ventre et elle avait chaud. De surcroît, pour la première fois depuis des mois, son dos ne lui faisait pas mal. Les matelas des chalets n'étaient pas haut de gamme, mais ils étaient cent fois mieux que le lit d'appoint sur lequel elle avait l'habitude de dormir. Elle se blottit davantage sous les couvertures, ne s'inquiétant pas, pour une fois, que le petit-déjeuner lui passe sous le nez.

Mozart n'était pas là. Summer se rappela s'être réveillée plusieurs fois la nuit précédente et avoir roulé sur le côté, seulement pour qu'il se plaque à nouveau contre elle et la reprenne dans ses bras. Elle croyait se rappeler qu'il lui avait murmuré des paroles réconfortantes, mais elle ne se souvenait pas de ce qu'il lui avait dit précisément. Elle roula sur le côté et huma le coussin sur lequel il avait posé la tête. Seigneur, elle était accro à lui.

Elle s'assit et fit glisser ses fesses jusqu'à la tête de chevet avant de regarder autour d'elle. Les sacs de nourriture étaient disposés sur la petite commode poussée contre le mur. La télé était vieille, mais elle fonctionnait toujours. Elle vit le sac de Mozart par terre près de la commode ; une vision réconfortante, car cela signifiait qu'il n'était pas parti.

Cependant, elle fut surprise de voir sa propre valise à côté de son fourre-tout. Il était manifestement allé au débarras et l'avait récupérée pour elle. Au moins, à présent, elle pourrait enfiler ses propres vêtements. Même si elle voulait continuer à porter le t-shirt de Mozart, elle savait qu'elle finirait bien par être obligée de mettre ses propres affaires.

Elle rabattit les couvertures et, pour une fois, elle ne frissonna pas dans l'air froid du matin, puis elle se dirigea en traînant les pieds vers la salle de bains. C'était vraiment agréable de ne pas avoir à sortir et se rendre dans un autre bâtiment juste pour faire pipi.

Summer venait de sortir de la salle de bains pour aller prendre ses affaires dans sa valise afin de se préparer quand la porte s'ouvrit. Elle s'immobilisa puis poussa un soupir de soulagement quand elle vit que c'était Mozart.

— Salut, dit-elle en faisant un pas en arrière quand celui-ci vint dans sa direction.

Il avait l'air sérieux et ne s'arrêta pas avant de l'avoir plaquée dos au mur.

Il vint se coller contre elle et posa les coudes sur le mur des deux côtés de sa tête. Cela rapprocha sa bouche si près de celle de Summer que si l'un d'eux avait bougé d'un centimètre, ils seraient entrés en contact.

— Bonjour, petit soleil. Tu as bien dormi ?

Summer réussit seulement à déglutir fort et à hocher la tête.

— C'est bien, poursuivit-il. Est-ce que cette chambre te plaît ?

Ne sachant pas où il voulait en venir, elle répondit :

— Euh, oui, elle est bien.

Mozart sourit et retira un bras du mur pour lui écarter les cheveux du visage et les rabattre derrière son oreille.

— C'est bien. Tu vas rester ici pour l'hiver.

Elle inclina la tête sur le côté.

— Quoi ?

— Tu m'as bien entendu ; tu vas rester ici au lieu de ce satané débarras.

— Non, certainement pas, rétorqua Summer qui commençait à s'irriter.

— Oh que si ! J'ai eu une petite discussion avec Henry ce matin ; nous sommes parvenus à un accord.

— Justement. *Vous* êtes parvenus à un accord. Pas moi. Je ne peux pas me permettre de rester ici.

Summer n'appréciait plus que Mozart envahisse son espace. Au début, elle avait aimé le fait qu'il se montre protecteur, mais à présent, elle en voyait les inconvénients.

— Je sais que tu me trouves dominant, mais écoute-moi un instant, je te prie.

Bon sang, si Mozart lui avait donné des ordres et s'était mis à crier, elle lui aurait résisté. Mais mainten-ant qu'il la priait de l'écouter ? Merde !

— Vas-y.

Summer vit Mozart réprimer un sourire, mais avant qu'elle ne puisse le lui reprocher, il poursuivit :

— J'ai parlé à Henry des conditions insalubres dans lesquelles tu as vécu. Je ne pense pas qu'il ait été surpris par ce que je lui ai dit, mais j'ai retenu son attention quand j'ai dit que j'avais déjà parlé au bureau d'éthique commerciale.

Summer en resta bouche bée.

— Ce n'est pas vrai !

— Bien sûr que non, mais il ne le sait pas. Tout ce que je lui ai dit est que puisque toutes les chambres n'étaient pas louées pendant l'hiver, c'était la moindre des choses de te permettre de rester dans l'une d'elles. Tu devras la nettoyer, bien sûr, et il n'a pas cédé sur la question des repas, mais au moins tu pourras dormir dans un endroit chaud et sûr.

Mozart s'interrompit. Il avait voulu étrangler le vieil homme. Il ne s'était pas préoccupé que Summer se gèle et meure pratiquement de faim. Si Mozart avait son mot à dire, il aurait ramené Summer à Riverton le soir même, mais il devinait au fond de lui qu'elle n'aurait pas accepté. Elle était indépendante et prenait la mouche facilement.

— Je peux dormir ici ?

L'incrédulité avec laquelle elle lui avait posé la question fit bouillonner Mozart. Personne n'aurait jamais dû penser que vivre dans un petit motel miteux tel que celui-ci soit un don du ciel !

— Oui, petit soleil. Tu peux dormir ici. Et tu peux garder tes affaires ici. Tu vivras ici jusqu'au printemps ou bien jusqu'à ce que tu trouves autre chose.

Il avait dû ajouter cette partie parce qu'il espérait envers et contre tout qu'elle trouverait autre chose... au pied des montagnes, à Riverton.

— Je ne sais pas quoi dire.

Mozart se pencha à nouveau près d'elle.

— Dis simplement « merci, Mozart », puis embrasse-moi pour me remercier convenablement.

Summer afficha un large sourire.

— Merci, Mozart.

Elle se pencha vers lui et, à la dernière minute, elle se décala afin que ses lèvres atterrissent sur les cicatrices qui barraient sa joue.

Mozart rit et la serra à la taille, puis fit deux pas en arrière et retomba en arrière sur le lit en serrant toujours Summer dans ses bras. Elle poussa un cri et pouffa alors qu'ils basculaient. Il rebondit et plaqua les hanches de Summer contre les siennes.

Summer se rassit et baissa les yeux vers l'homme qui se trouvait sous elle. Elle pouvait sentir les muscles de Mozart se contracter. Il la manipulait comme si elle était une enfant, et une partie d'elle aimait cela. Elle voyait qu'il prenait garde de ne pas lui faire de mal, mais c'était indubitablement lui gardait le contrôle. Même alors qu'il la serrait contre lui. Elle n'aurait pas pu bouger s'il ne le lui autorisait pas, mais elle n'était pas inquiète. Summer savait que si elle faisait le moindre geste ou lui donnait la moindre indication qu'elle se sentait mal, il la laisserait partir.

Le t-shirt qu'elle portait s'était retroussé sur ses cuisses lorsqu'elle s'était mise à califourchon sur lui. Sa tenue restait décente, mais à peine. Les mains de Mozart lui entouraient la taille et ses pouces frottaient son ventre. Elle se décala et le sentit se durcir sous elle. Les seules choses qui les séparaient étaient son jean, ce qu'il portait en dessous et le petit bout de coton qui couvrait l'intimité de Summer.

— Je m'étais promis d'y aller lentement avec toi, petit soleil, mais la tâche est dure.

— Je vois ça.

Summer afficha un large sourire et se décala à nouveau sur ses hanches, sentant qu'elle rendait les choses... « dures ».

La tête de Mozart bascula en arrière et frappa le lit.

— Je savais que tu serais une panthère au lit. Je n'avais pas l'intention d'en arriver là tout de suite, mais je ne suis pas désolé qu'on y soit.

Il releva à nouveau la tête et la regarda.

— Tu ne sais pas le mal que j'ai eu à te laisser au lit ce matin. Tu étais allongée à côté de moi, blottie dans mes bras, avec une jambe passée sur la mienne. Je sentais ta chaleur contre ma jambe, comme maintenant. Si je ne nous avais pas promis à tous les deux qu'on irait lentement, je m'enfoncerais en toi si profondément que tu ne saurais pas où tu finis et où je commence.

— Mozart, murmura Summer, ne s'étant jamais sentie aussi excitée.

Elle fit courir sa main sur sa poitrine, se frottant contre lui alors qu'il continuait de parler.

— Je ne suis pas fier de mon passé, Summer. Tu finiras bien par en entendre parler, mais je préfère que tu l'entendes de ma bouche. J'ai couché avec pas mal de femmes, mais elles n'ont jamais rien signifié pour moi. Je n'ai jamais rechigné à coucher avec elles et à les quitter le matin venu. Je n'ai jamais regardé en arrière. Pas une seule fois. Jusqu'à toi. Je suis sûr que quand tu rencontreras mes amis, ils se feront un plaisir de te raconter que j'étais une vraie marie-couche-toi-là, et ce n'est pas un mensonge. Mais je te jure qu'à présent, tout ça est derrière moi. Je n'ai couché avec personne depuis que je t'ai rencontrée voilà deux mois. Depuis que j'ai perdu ma virginité, je n'ai jamais passé plus de deux mois sans sexe. Je vois bien l'impression que je donne, mais je t'en prie, crois-moi. Tu t'es immiscée en moi et tu ne veux plus en partir. Je ne veux pas que tu partes.

— Je...

— Non, laisse-moi terminer.

Mozart fit remonter la main posée sur sa taille jusqu'à sa nuque. Manifestement, c'était sa position préférée.

— J'ai vraiment envie de coucher avec toi, plus que tout. Mais cela ne va pas se produire ce week-end. Il faut que je parte dimanche ; je dois retourner au travail. Je veux te prouver à toi, ainsi qu'à moi-même, que je suis un homme différent, que j'ai changé grâce à toi. Je veux être avec toi pour qui tu es, pas pour t'utiliser pour mes besoins sexuels. Comprends-moi, j'en ai envie aussi, mais j'ai davantage envie de te connaître.

Mozart baissa la tête de Summer près de son visage en serrant l'arrière de sa nuque. Elle s'appuya contre sa poitrine.

— J'ai envie de toi, Summer. J'ai envie de tout en toi. Je te veux dans mon lit. Je te veux dans ma maison. Je veux apprendre à connaître tes amis jusqu'à ce qu'ils deviennent mes amis à moi aussi. Tous les matins, je veux me réveiller en découvrant que tu as monopolisé les couvertures. Peu importe ce qu'il en coûtera, je suis prêt à le faire. Si je pensais que tu serais d'accord, je te ramènerais à Riverton avant que tu ne puisses te rendre compte de ce qui est en train de t'arriver. Mais je pense te connaître suffisamment pour savoir que ce n'est pas ce que tu voudrais. Je ne veux absolument pas faire les choses à la va-vite, te faire croire que je ne souhaite qu'un coup facile et c'est tout. Je ne veux pas te laisser ici dans un cabanon délabré qui risque de prendre feu, sachant que tu as froid et faim tous les soirs. J'ai besoin que tu m'autorises à t'aider. Je t'en prie, devant Dieu, laisse-moi le faire afin que je puisse dormir la nuit tout en sachant que tu vas bien ici.

Summer fondit contre la poitrine de Mozart. Détournant les yeux des siens, elle posa son front contre sa poitrine et inspira profondément. Mozart ne retira pas sa main de son cou et son autre main caressait à présent son dos d'un geste apaisant.

— Merci, Mozart, dit Summer en répétant ses remerciements de tantôt. Je ne doute pas que tu aies du succès avec les femmes. Je ne sais pas ce que tu vois en moi et pourquoi je suis différente de toutes les autres.

Quand elle le sentit reprendre son souffle comme pour répondre à ce qui n'était pas une question, elle leva la tête et posa un index sur ses lèvres pour le faire taire.

— Peux-tu me faire une faveur ?

Quand il hocha immédiatement la tête, elle poursuivit :

— Je veux bien essayer, quoi que cela puisse être, mais si à un moment donné, tu rencontres quelqu'un d'autre avec qui tu as envie de coucher, je t'en prie, oublie-moi. Je ne supporterais pas que tu changes d'avis sans me le dire. Je suis une grande fille. Il suffit que tu me le dises et je te laisserai tranquille.

— Je ne vais pas changer d'avis, mais s'il s'avérait que les choses ne fonctionnent pas, je te le dirais.

Ils se regardèrent pendant un long moment.

— Mais c'est exclusif. Tu es à moi tant que cela durera entre nous, petit soleil. C'est valable dans l'autre sens.

Summer ne put qu'acquiescer d'un mouvement de tête. Elle avait l'impression d'être dans un autre monde. Un monde où elle était une femme fatale et les hommes se jetaient à ses pieds, se disputant son attention. C'était ridicule ; jusque-là, personne ne s'était jamais montré passionné avec elle.

— Si je suis à toi, alors tu es à moi aussi.

— C'est bien vrai, répondit Mozart. Maintenant, remercie-moi convenablement, femme.

Galvanisé par le sourire que ses paroles évoquèrent sur le visage de Summer, il lui fit baisser les lèvres vers les siennes. Mozart la dévora. Il l'embrassa comme il n'avait jamais embrassé de femme auparavant. Par le passé, il avait simplement toléré les baisers comme une étape vers le plaisir ultime. À présent, avec Summer, s'embrasser *était* ce plaisir. Il la goûta, aimant sentir sa langue sortir pour jouer avec la sienne. Il mordilla et lécha et au final, contrôla le baiser. Il était joueur un moment, puis insistant et exigeant la seconde d'après. Enfin, il se recula légèrement.

— Bon sang, petit soleil, je pourrais te dévorer vivante. Tu me corresponds sur tous les plans.

Il sentit Summer sourire et les fit rouler tous les deux jusqu'à ce qu'elle se retrouve sous lui. Voir sa chevelure répandue sur le couvre-lit froissé l'excita encore davantage. Il bandait tellement fort que c'en était littéralement douloureux. Il ne se rappelait pas avoir ressenti une telle excitation... et après un seul baiser ! Mozart sentit les mains de Summer courir sur ses fesses et les serrer. Il contracta la mâchoire et la mit en garde :

— Fais attention, petit soleil, tu joues avec le feu.

— Je n'ai pas encore été brûlée, lui rétorqua-t-elle avec insolence.

Mozart glissa une main sous elle et, prenant un risque, il s'aventura sous sa culotte. Sa peau était chaude et lisse, et il fit glisser son pouce sur sa fesse. Il aurait voulu aller tellement plus loin, plonger sa main plus bas entre ses cuisses et vérifier de lui-même si elle était aussi excitée que lui, mais il se contrôla... difficilement.

— Il faut qu'on sorte de cette chambre avant que je ne fasse quelque chose alors que j'avais promis d'attendre.

Summer se contenta de lui sourire.

— Il faut que j'aille travailler, Mozart, lui rappela-t-elle doucement.

Il ne fronça pas les sourcils et ne montra pas la moindre déception.

— Je sais, petit soleil. Je vais t'aider à nettoyer les chambres, puis on pourra s'amuser un peu.

Quand elle se glaça sous lui, Mozart inclina la tête et lui demanda :

— Quoi ?

— Tu vas m'aider ? Je pensais que tu partirais... faire quelque chose... une randonnée ou quelque chose dans ce genre, pendant que je travaille.

Mozart secoua la tête.

— Non, je suis venu ici pour toi. Tu vas m'avoir sur le dos jusqu'à dimanche soir.

— Sérieusement ?

Ne comprenant pas pourquoi elle était aussi surprise, Mozart répondit d'un ton bourru :

— Oui, Summer. Est-ce vraiment si difficile de croire que je veuille simplement t'aider à nettoyer les chambres ?

— Pour être honnête, oui. C'est simplement que... je pensais que tu étais venu ici pour faire... je ne sais pas quoi... et que tu étais simplement content de me voir pendant ton séjour.

Mozart lui serra les fesses encore plus fort et la plaqua contre son érection.

— Non, je suis ici pour toi, pas pour autre chose. Avec le temps, tu finiras par ne plus douter de mes sentiments envers toi. Je te vois et je bande. Je sens ton odeur et je bande. Merde, je *pense* à toi et je bande. Non, je suis ici pour *toi*, petit soleil. Et plus tôt on arrêtera d'en parler et on quittera notre lit pour aller nettoyer ces putains de chambres, plus vite on pourra apprendre à mieux se connaître et je pourrai te ramener au lit et ne plus te laisser respirer jusqu'à ce qu'on soit tous les deux trop fatigués pour se rappeler comment on s'appelle.

— C'était une très longue phrase, Mozart, lui dit Summer en pouffant.

Il leva les yeux au ciel et murmura :

— C'est ce qui arrive quand on a le béguin pour une femme intelligente.

Puis, se redressant lentement, il haussa la voix pour lui dire :

— Lève-toi. Va prendre ta douche. On a le temps d'aller prendre un petit-déjeuner dans ce super petit café que j'ai vu avant de commencer le nettoyage.

Il fit se redresser Summer et la poussa avec espièglerie vers la salle de bains.

— Vas-y, je t'attends dehors. Si je reste ici pendant que tu es toute nue sous la douche, je sais que je vais rompre ma promesse.

Il l'embrassa à nouveau profondément puis se dirigea vers la porte. Quand il l'ouvrit, il regarda en arrière et dit :

— Tu as quinze minutes, petit soleil. Tu ferais mieux de te dépêcher.

Il lui adressa un autre clin d'œil avant de refermer doucement la porte derrière lui.

Summer s'écroula contre le mur. Elle ne savait pas ce que Mozart voyait en elle ni pourquoi il avait décidé qu'il avait envie d'elle, mais elle suivrait le mouvement pendant aussi longtemps qu'elle le pourrait. Elle serait folle de s'en abstenir. Tout en secouant la tête, elle se dépêcha de regagner sa valise posée par terre et en tira un jean, un haut à manches longues et des sous-vêtements avant de se diriger vers la salle de bains. Summer savait que si elle dépassait les quinze minutes que lui avait allouées Mozart, il reviendrait dans la pièce comme il avait menacé de le faire.

Elle sourit. Le tenir en haleine serait amusant.

9

———

Summer se cala sur le dossier de la banquette et soupira. Elle venait d'engloutir la meilleure omelette qu'elle avait jamais mangée. Du fromage, des poivrons verts, du bacon, du poulet fajita, des oignons, des tomates et des saucisses, tout cela recouvert d'encore plus de fromage, de crème aigre et de sauce salsa. Mozart avait commandé la spécialité, qui se composait de deux œufs, de bacon, de saucisses et d'une petite pile de pancakes.

— Je ne pense pas être capable de bouger.

— Tu peux bouger. On a des chambres à nettoyer, puis on ira faire du shopping.

— Du shopping ? Pour acheter quoi ?

Mozart la regarda, sachant que ce qu'il allait dire la mettrait en colère, alors il resta aussi vague que possible.

— Des choses dont tu as besoin.

Summer croisa les bras, n'acceptant pas sa réponse approximative.

— Des choses dont j'ai besoin ? Quel genre de choses ?

— Donne-moi ta main.

Mozart posa la main sur la table, la paume en l'air.

— Quoi ?

— Donne-moi ta main, petit soleil.

Sans réfléchir, Summer tendit la main vers Mozart en travers de la table. Quand il prenait sa voix basse et lui donnait des ordres, quelque chose à l'intérieur d'elle la faisait céder à tous les coups.

Mozart lui attrapa fort la main, plaçant la sienne dessus. Il se pencha en avant pour lui parler.

— Des choses dont tu as besoin. Un micro-ondes. Une plaque chauffante. De la nourriture. Une veste chaude. Des choses dont tu as besoin.

Quand Summer essaya de retirer sa main de la sienne, Mozart resserra son emprise.

— Je sais que tu ne veux pas l'accepter, je sais que tu te sens mal et que tu es embarrassée. Mais ça ne va pas me freiner. Si je dois te laisser ici, j'ai besoin de savoir que tu manges, que tu es au chaud, que tu vas bien.

— Mozart, tu m'as trouvé une chambre où dormir. Ça va aller.

— Tu aurais dû avoir cette chambre depuis le début. Je ne peux pas rentrer à la maison ou partir en mission en sachant que tu ne manges pas à ta faim. Je n'arrive pas à croire que tu aies vécu dans ce nid à feu pendant tout ce temps.

Summer inspira profondément. Mozart avait raison. Comme il l'avait prévu, elle était embarrassée. Elle réessaya :

— Mozart, Henry a engagé un nouvel homme à tout faire. Il essaie de sécuriser le bâtiment. Il m'a beaucoup aidée. Ça va aller.

— Je ne *le* vois pas vivre dans un débarras délabré sans salle de bains ou électricité. Où vit son homme à tout faire ? Où vit Henry ?

— Euh, je ne sais pas.

Sans donner à Summer l'occasion d'ajouter quoi que ce soit, Mozart dit :

— Exactement. Ils ne vivent pas dans ce tas de merde. Ils mangent trois repas par jour. Ils portent des vêtements chauds. Ils ne sont pas toi.

Ils se regardèrent pendant un long moment.

— Ça ne me plaît pas d'être incapable d'acheter ces choses moi-même, dit enfin Summer à voix basse.

Mozart poussa un soupir de soulagement.

— Mais tu crois que je ne le vois pas, petit soleil ? Tu as l'étiquette « femme indépendante » collée sur le front. Ce que tu ne comprends pas, c'est que j'ai envie de faire ça pour toi. J'ai *besoin* de le faire pour toi. Peu m'importerait que tu possèdes un million de dollars, je voudrais quand même t'offrir des choses.

— Si j'avais un million de dollars, nous ne nous serions jamais rencontrés.

Mozart répondit en portant la main de Summer à ses lèvres afin d'y déposer un baiser. Puis il la retourna et mordilla la partie charnue de sa paume.

— Allons, petit soleil, on a des chambres à nettoyer.

* * *

— Tu es vraiment doué pour ça, dit Summer à Mozart avec sincérité alors qu'ils travaillaient sur la dernière chambre de la journée.

— Sans vouloir être impoli, ce n'est pas vraiment difficile, petit soleil.

Summer éclata de rire.

— Pardon, dit-elle. C'est vrai.

— En plus, je suis célibataire. Je dois nettoyer mon propre appartement et la marine s'est assurée que je sache faire mon lit tellement au carré qu'une pièce de monnaie pourrait rebondir sur les draps.

Summer éclata à nouveau de rire.

— C'est manifestement une compétence essentielle dans la vie.

Elle lui sourit. Grâce à lui, nettoyer les chambres avait été une partie de plaisir. Ils avaient discuté de tout en travaillant et elle avait appris à un peu mieux le connaître, notamment son sens de l'humour acéré. Il savait rire de lui-même et lui faisait voir l'humour dans des situations où il lui aurait sans quoi échappé. Dans l'ensemble, elle aimait vraiment passer du temps avec lui.

Elle s'interrompit, resta immobile un moment et le regarda.

— Merci, Mozart.

Entendant la note sérieuse dans sa voix, il se tourna vers elle.

— De quoi ?

— De m'avoir aidée, aujourd'hui. De ne pas avoir rechigné à nettoyer des toilettes, faire les lits ou bien passer l'aspirateur. Pour tout. Je te dis simplement... merci.

Mozart laissa retomber la pile de serviettes sales qu'il était en train de porter jusqu'au chariot, et il prit la tête de Summer entre ses mains, plaquant son front contre le sien.

— De rien.

Ils se regardèrent un moment dans les yeux, jusqu'à ce que Summer s'écarte et détourne le regard, gênée.

— Regarde-moi, petit soleil, lui ordonna Mozart.

Elle leva immédiatement les yeux vers lui, ne se demandant même pas pourquoi elle lui avait obéi tout de suite.

— Ne te sens jamais gênée de me dire ce que tu ressens. Si tu es en colère, dis-le-moi. Si tu es heureuse. Je veux le savoir. Si tu es embarrassée ou fatiguée, si tu as faim, si tu es triste... je veux tout savoir. Tu as compris ?

Sans rompre le contact visuel, Summer se contenta de hocher la tête.

— Très bien, alors. Finissons de nettoyer cet endroit et partons nous mettre quelque chose sous la dent avant d'aller au magasin. J'ai vraiment envie de te gâter.

— D'accord.

Ils finirent de nettoyer le reste de la chambre en un rien de temps et ils remisèrent rapidement le chariot à l'arrière du bureau puis les produits d'entretien dans le débarras.

— Viens, petit soleil, allons-y. On a des trucs à acheter.

— J'espère que tu as conscience que je ne vais pas te laisser trop dépenser.

— Oui, oui, allons-y.

Summer s'assit au bord du lit et regarda autour d'elle, perplexe. Mozart avait trop dépensé. Elle avait eu beau protester, cela n'avait rien changé. Il avait fait la sourde oreille et avait acheté ce qu'il voulait. À présent, un petit micro-ondes trônait à côté de la télévision. Un mini réfrigérateur en état de marche se trouvait contre le mur et il y avait de la nourriture partout. Mozart en avait tellement acheté qu'elle était empilée au hasard partout dans la pièce. Le petit réfrigérateur débordait d'assez de nourriture pour lui remplir le ventre pendant au moins deux semaines.

Summer avait vu qu'il était d'une humeur étrange pendant qu'ils faisaient leurs achats, alors après avoir protesté une première fois, elle n'avait plus trouvé à redire à ce qu'il mettait dans le chariot. Il s'était tourné vers elle et avait dit d'un ton bourru :

— Laisse-moi le faire, petit soleil. J'ai *besoin* de le faire.

Alors elle avait laissé Mozart agir selon son envie.

Il l'avait envoyée à l'espace vêtements du magasin et lui avait ordonné de trouver des hauts à manches longues, des pantalons, une veste et même des sous-vêtements à sa taille. Et si elle ne revenait pas avec suffisamment de vête-ments (ce dont il serait juge), *il* irait en personne lui en trouver. Summer l'avait pris au mot et était revenue avec ce qui lui avait semblé être une montagne de vêtements. Mozart s'était contenté de soupirer et avait cédé avec un :

— Ça ira pour le moment.

À présent qu'ils étaient revenus dans la chambre, Summer était gênée. Elle n'avait pas l'habitude que quelqu'un lui achète des choses... particulièrement parce qu'elle ne pouvait pas se le permettre. Elle n'ai-mait pas cette sensation. Mozart était assis à côté d'elle sur le rebord du lit et elle le vit regarder la nourriture qu'ils avaient apportée.

— Je ne sais pas si cela sera suffisant, dit-il d'une voix morose.

— Tu plaisantes ?

— Non, répondit-il d'une voix morne en se tournant vers elle. On part en mission lundi. J'ignore pendant combien de temps et je ne sais pas quand je serai capable de revenir. Je sais que tu n'as pas de voiture et que tu ne peux pas aller au magasin pour t'acheter quoi que ce soit si tu te trouves à court.

Summer posa une main sur la jambe de Mozart, puis la retira quand il grimaça. Avant qu'elle ne puisse dire ou faire quoi que ce soit, il lui avait attrapé la main et l'avait reposée sur sa jambe. Il inclina la tête, l'invitant à dire ce qu'elle avait visiblement envie de dire.

— Je ne dis pas cela pour te faire te sentir coupable ou te mettre en colère, ou quoi que ce soit, d'accord ?

Quand Mozart hocha la tête, elle poursuivit :

— Mozart, au cours des derniers mois, j'ai mangé un repas par jour. Quand Henry ouvre le bureau, j'y vais pour prendre un yaourt et un bagel. Je chipe généralement un autre bagel et un fruit pour plus tard. Parfois, un invité laisse quelque chose dans sa chambre que je pense pouvoir manger sans risque. Fais-moi confiance, toute cette nourriture...

Elle désigna la pièce d'un geste.

— ... me durera très longtemps.

Summer vit Mozart serrer le poing gauche et un muscle de sa mâchoire se contracter. Ne voulant pas qu'il se torture, elle retira la main de sa jambe pour la poser sur son visage et le tourna vers elle. Elle lui dit alors dans un murmure :

— Je vais bien, Mozart. Tu ne sais pas à quel point tout ce que tu as fait pour moi au cours des deux dernières journées compte pour moi. Si j'allais bien avant, maintenant je suis *plus* que bien.

Mozart inspira profondément et tourna la tête pour embrasser la paume de la main de Summer.

— Tu ne mangeras plus jamais dans la poubelle des autres. Rien que d'y penser…

Il frissonna et garda les yeux fermés un moment.

Summer repéra le moment où il se reprit. Il ouvrit les yeux et lui dit :

— Je reviendrai aussi vite que je le pourrai, petit soleil.

— Je sais.

— Je sais que tu n'as pas de téléphone portable, mais je vais te laisser mon numéro afin que tu puisses m'appeler quand tu en auras envie. Je t'appellerai ici au motel pour te dire quand je reviendrai, mais en attendant, pendant que je serai hors du pays, si je te donne le numéro d'un ami, est-ce que tu pourras l'appeler si tu as besoin de n'importe quoi… et j'insiste : n'importe quoi ?

Summer resta silencieuse, se contentant de le dévisager.

— Merde. Tu ne vas pas le faire ? Je savais que tu allais être une chieuse, dit Mozart en souriant afin que Summer ne se vexe pas. Tu veux bien prendre ce numéro pour me rassurer ? Je me sentirai mieux si je sais que tu l'as.

— C'est le numéro de qui ?

— Il s'appelle Tex. C'est un ami qui vit en Virginie. C'est un ancien soldat d'élite, mais il a été mis en retraite pour raisons médicales quand on lui a partiellement amputé la jambe. C'est un génie des ordinateurs et je lui confierais ma vie... et la tienne.

— Laisse-moi son numéro, Mozart. Je ne peux pas promettre de l'appeler si je me prends une écharde dans le doigt ou quelque chose dans le genre, mais si jamais j'ai un problème sérieux, je l'appellerai.

Lisant le soulagement dans les yeux de Mozart, Summer sut qu'elle avait dit ce qu'il fallait, même si cela la mettait mal à l'aise.

Mozart se redressa et lui tendit la main.

— Allons, petit soleil. Allons au lit, il doit bien y avoir un film ou quelque chose qu'on peut regarder à la télévision.

Il lui prit la main et la mena jusqu'au lit. Il ne rabattit pas les couvertures, mais l'aida à monter et grimpa derrière elle. Il braqua la télécommande vers la télévision et zappa jusqu'à ce qu'il tombe sur *True Lies*.

— J'ai toujours aimé ce film. C'est bon ?

— Oui, Jamie Lee Curtis déchire tout.

Mozart rit et se cala à nouveau contre les coussins, attirant Summer à côté de lui. Elle se blottit contre lui et posa la tête contre sa poitrine. Il inspira profondément et huma son odeur.

— Tu sens bon.

Rien n'aurait pu l'empêcher de prononcer ces paroles.

— C'est juste du shampooing.

— Non, ce n'est pas ça. C'est le shampooing, l'orange que tu as mangée ce soir en en-cas quand on est revenus dans la chambre. C'est une pointe de sel de ta transpiration. C'est *toi*, petit soleil.

Summer se tortilla. Jamais personne ne lui avait parlé comme il le faisait.

— Tu es fou.

— Accepte le compliment, Summer. Dis merci.

— Merci.

Mozart lui sourit en l'attirant encore plus près de lui.

— Maintenant chut. Regarde le film.

Summer essaya de se plonger dans l'histoire, mais elle n'y parvint pas. Son esprit tourbillonnait sans qu'elle puisse le retenir. Enfin, elle leva la tête afin de poser une question à Mozart, mais découvrit alors qu'il la regardait elle et non l'écran.

— Tu pars en mission lundi ?

— Oui.

— Tu as le droit de m'en parler un peu ?

Elle pensait que non, mais lui posa tout de même la question.

— Non.

Au bout de quelques secondes de silence, Mozart lui dit d'un ton plein de regret :

— C'est mon travail, petit soleil.

Summer hocha rapidement la tête et essaya de le rassurer.

— Oh, je sais, Mozart. Je ne sais pas grand-chose... d'accord, je ne connais rien à l'armée, mais j'en sais suffisamment pour savoir que ce que tu fais est tenu secret et que tu ne peux pas en parler. C'est simplement que... je vais m'inquiéter pour toi.

Elle s'empressa de poursuivre :

— Je sais que c'est bête ; je ne te connais pas vraiment, mais je n'aime pas la perspective que tu partes dans un pays étranger pour faire quelque chose de dangereux sans que je ne sache exactement où tu es, ce que tu fais ou même si tu vas revenir.

Mozart soupira et se tourna vers Summer. Il se pencha jusqu'à ce qu'elle se retrouve allongée sur le côté sur le lit et qu'il soit penché sur elle.

— Je n'aime pas te cacher des choses, mais tu dois savoir que je ne pourrai jamais t'en parler. C'est ce qu'il y a de plus difficile quand on est en couple avec un soldat d'élite. J'aimerais avoir le temps de te présenter à Ice, Alabama et Fiona. Ce sont les femmes de mes coéquipiers. Elles ont dû apprendre à gérer nos missions en restant ensemble et en faisant des trucs de filles. On sait que notre départ les rend folles, mais elles se soutiennent mutuellement et s'entraident pour y survivre. Et tu devrais savoir qu'en tant qu'équipe, on sait ce qu'on fait. Oui, ce que nous faisons est dangereux et on court constamment le risque d'être blessé...

Mozart fit courir un doigt sur sa joue scarifiée et poursuivit :

— Mais tu dois croire en nous. On est entraînés pour ça. On est performants, petit soleil. Le fait que Wolf, Abe et Cookie aient des femmes qui les attendent à la maison les motive encore plus à nous faire tous revenir sains et saufs.

Il s'arrêta de parler et baissa les yeux vers la femme magnifique allongée sous lui.

— Je comprends, Mozart. Je sais que tu es performant. Je sais que tu es un professionnel. Mais je m'inquiète quand même, dit Summer d'une petite voix incertaine. Je ne sais même pas pourquoi tu es là. Je veux dire, tu ne me connais même pas...

— Viens ici, petit soleil, et écoute-moi.

Mozart s'étendit sur le flanc et l'attira vers lui. Ils étaient face à face sur le lit sans se toucher, mais assez proches pour sentir leurs souffles.

— Tu as raison quand tu dis que nous n'avons pas passé beaucoup de temps ensemble. Si un de mes potes se retrouvait dans la même situation, je lui conseillerais probablement de ralentir. Je lui dirais qu'il est impossible d'avoir des sentiments l'un pour l'autre alors que ça fait à peine deux jours qu'on se connaît. Mais je sais comment je fonctionne. Je *te* vois. Tu es intelligente. Tu es pleine de compassion. Tu es forte. Tu es altruiste. Tu travailles dur. Tu es timide. Tu es passionnée. Tu es belle. Tu es tout ce dont j'ai toujours rêvé chez une femme. Si tu penses que je vais te quitter, tu es folle. Je ne suis pas en train de te demander ta main. Je ne dis pas qu'on restera ensemble pour le reste de notre vie. Ce que je suis en train de dire est que j'ai envie de voir où cela pourra nous emmener. J'ai envie de mieux te connaître. Je veux te protéger. J'ai tellement envie de goûter à ta saveur que j'en salive pratiquement. Alors oui, je te comprends quand tu me dis que tu t'inquiètes, parce que je m'inquiète aussi. Je m'inquiète de te savoir ici avec ce connard d'Henry. J'ai peur que tu ne manges pas assez. J'ai peur que tu aies froid. J'ai peur que tu travailles trop. Je m'inquiète du fait que tu n'aies pas de moyen de transport. Je sais qu'on ne se connaît pas depuis très longtemps, mais je m'inquiète réellement. Alors même si je n'aime pas que tu tracasses pour moi, en même temps, ça me plaît.

— Mozart...

Summer ne parvint pas à dire autre chose. Elle aurait voulu avoir enregistré ce qu'il venait de lui dire afin de se le repasser encore et encore.

— T'inquiètes-tu toujours du fait que nous ne nous connaissons pas ou bien de la raison de ma venue ?

Summer ne put que secouer la tête.

Mozart sourit.

— Alors on peut finir de regarder Arnold botter le cul des méchants ?

— Oui, on peut le faire.

— Tu es une chieuse !

Mozart se pencha vers Summer et l'embrassa. Il ne

toucha aucune autre partie de son corps, simplement ses lèvres.

Après un long baiser intense qui les laissa tous les deux à bout de souffle, Mozart se cala à nouveau contre la tête de lit et prit Summer dans ses bras. Ils regardèrent le film jusqu'au générique de fin.

Mozart embrassa le sommet de la tête de Summer et dit :

— Tu es prête à aller te coucher ?

— Oui, murmura-t-elle d'une voix endormie.

— Lève-toi, petit soleil. Va te préparer.

Mozart aida Summer à se redresser et la poussa doucement vers la salle de bains.

— Je vais me changer et passer après toi quand tu auras fini.

Summer hocha la tête et entra dans la salle de bains d'un pas traînant. Le temps qu'elle ait fini de se brosser les dents, se nettoyer le visage et utiliser la salle de bains. Mozart avait enfilé un t-shirt et portait un boxer noir. Elle déglutit... fort.

— À ton tour.

Mozart se dirigea vers elle, se pencha et l'embrassa profondément avant de continuer sur sa lancée.

— Du dentifrice à la menthe. J'ai rêvé aussi de sentir cette saveur sur tes lèvres.

Puis il disparut dans la salle de bains.

Summer se dépêcha d'enfiler le nouveau pyjama qu'il lui avait acheté. N'aimant pas les chemises de nuit, elle avait choisi un ensemble short et petit t-shirt.

Il était large et rose avec des petites fleurs. Elle ne pensait pas que ce soit trop révélateur, mais tout semblait tellement intime avec Mozart.

Elle se tenait toujours près du lit quand il émergea de la salle de bains. Il pila net et la regarda.

Incapable de supporter une seconde de plus ce silence ou bien son étrange expression, Summer lui demanda :

— Quoi ?

— Grimpe dans le lit, petit soleil. Tout de suite.

Confuse et se sentant vulnérable, Summer regagna vite le lit. Elle vit Mozart faire le tour du lit dans lequel elle était allongée avant de lui dire :

— Décale-toi, je prends ce côté.

Elle avait oublié. Elle s'était glissée sans y penser du côté du lit le plus près de la porte. Summer se décala et vit Mozart se pencher et éteindre la lampe de chevet. La pièce se retrouva plongée dans l'obscurité. Sentant Mozart s'installer sur le matelas, Summer attendit, mais il ne se tourna pas vers elle. Elle avait l'impression qu'il était aussi raide qu'une planche.

— Mozart ?

— Non, l'interrompit-il.

Summer était vraiment perdue. Elle ne savait pas ce qui s'était passé entre le moment où il l'avait embrassée et avait commenté le goût de son dentifrice et celui où il était sorti de la salle de bains. Elle roula sur elle-même pour se retrouver dos à lui et essaya d'empêcher ses larmes de couler.

Au bout d'un moment, Summer sentit enfin Mozart bouger. Il se tourna vers elle et s'enroula contre son dos. Il passa un bras sous son cou tandis que l'autre s'enroulait autour d'elle et se repliait sur son sternum. Elle se sentait protégée et en sécurité dans ses bras. Elle était tellement perdue.

— Ne pleure pas, petit soleil. Merde. Je suis désolé. Tu es tellement magnifique. Te voir comme ça dans ton petit pyjama mignon a failli me faire perdre les pédales. Il a fallu que je me contrôle pour te laisser grimper là toute seule. J'avais vraiment envie de te demander de te retourner et de m'enfoncer en toi tellement profond que tu n'oublierais jamais la sensation de mon corps. Mais j'ai promis. C'est trop tôt. Bon sang, petit soleil, ne doute jamais que j'aie envie d'être ici avec toi. J'ai simplement eu besoin d'un moment pour me calmer.

Summer sentit la longueur rigide de Mozart contre elle. Elle ne doutait pas de lui, mais il l'avait blessée.

— Ne refais jamais ça, renifla-t-elle une fois, fort. J'ai pensé que tu avais changé d'avis. Je ne peux pas avoir un tourbillon d'émotions dirigé vers moi. J'ai besoin que tu sois une personne. Si tu es en colère, dis-le-moi. Si tu es stressé, dis-le-moi. Si tu es en train de perdre le contrôle, dis-le-moi. Je sais qu'avec ton travail, il y a probablement eu des moments où tu as connu des situations difficiles. Je te donnerai l'espace dont tu as besoin, mais si tu ne me dis rien, je vais croire que ça me concerne.

Elle se lova de son mieux entre ses bras. Il était plus facile de lui parler quand elle ne le regardait pas.

— Je suis une femme. On a tendance à penser que *tout* nous concerne.

— Je le ferai à l'avenir. Je suis désolé.

Voilà. Il l'avait dit carrément. Il n'avait pas essayé de trouver des excuses ou d'ignorer ce qu'elle avait dit. Elle soupira et se blottit dans ses bras.

— Merci.

— Dors, petit soleil. Demain, on retournera au café et on prendra un autre petit-déjeuner super copieux. Puis on ira voir le paysage et on jouera aux touristes au centre-ville. On va nettoyer ces satanées chambres puis on sortira dîner. Il faudra que je parte après manger, mais je veux passer autant de temps que je peux avec toi avant de partir.

— J'en ai envie aussi.

— Dors.

— Je suis contente que tu sois là, Mozart.

— Moi aussi. Je n'aimerais pas être ailleurs. J'aurais simplement voulu être là plus tôt.

— N'y pense pas. Tu es là maintenant.

— Oui, je suis ici maintenant. Maintenant, dors, femme.

Summer pouffa. Il était tellement exigeant, mais cela lui plaisait. Elle ne put résister à l'envie d'avoir le dernier mot.

— Je dormirais volontiers si quelqu'un arrêtait de me parler.

Mozart gronda.

— Ne me force pas à te retourner sur mes genoux, petit soleil.

— Tu n'oserais pas !

— Tu veux essayer ?

Summer pouffa à nouveau et se blottit dans les bras de Mozart jusqu'à ce qu'elle finisse par se retourner et lui faire face. Elle sentait son érection pressée contre elle. Elle se lova plus près de lui et plaqua la tête contre son cou.

— J'essaierai tout ce que tu veux faire, Mozart, lui murmura-t-elle.

— Bon sang, femme. Tu me cherches. Maintenant chut. Aie pitié de ton soldat d'élite. Endors-toi.

Summer s'endormit, se sentant au chaud et en sécurité pour ce qui n'était que la deuxième fois depuis des mois, la première ayant été la veille. Elle ne sut pas que Mozart resta éveillé pendant des heures à la regarder dormir tout en remerciant sa bonne étoile d'être revenu vers elle dans la montagne au moment propice.

10

Après un autre énorme petit-déjeuner, ils retournèrent vers le motel pour nettoyer les chambres. Summer était émerveillée par la rapidité avec laquelle le travail était terminé quand ils étaient deux. Mozart avait raison. Ce n'était pas difficile, mais c'était barbant. Tous les clients n'étaient pas des malpropres, mais suffisamment l'étaient pour rendre son travail irritant et parfois dégoûtant.

Mozart rendait la tâche si ce n'est amusante, du moins tolérable. Il s'occupait de faire les lits et de nettoyer les toilettes, et elle se chargeait du linge sale, du nettoyage et de passer l'aspirateur. La première fois qu'elle s'était penchée pour placer un drap, Mozart avait émis un son guttural qui ressemblait beaucoup à un grognement et il l'avait fait se redresser.

— Je m'en occupe. Je ne peux pas te voir te pencher sur ces lits sans te culbuter sur l'un d'eux, petit soleil.

Se souvenir du ton dont il lui avait adressé ces mots d'une voix basse et rocailleuse lui fit courir la chair de poule le long de tout son corps.

Elle s'était contentée de lui sourire et avait accepté.

À présent, le nettoyage était terminé et ils étaient assis sur un banc qui donnait sur le lac. Il faisait froid et Mozart avait un bras passé autour des épaules de Summer. La zone était tranquille. L'hiver n'était pas la saison la plus populaire pour passer du temps au lac. Les touristes étaient généralement en train de skier dans les montagnes.

— À quoi penses-tu ? dit Summer, rompant le silence agréable.

— Je me disais que si je ne m'étais pas sorti la tête du cul et étais monté ici quand je l'ai fait, tu aurais passé l'hiver dehors.

Summer se tourna et embrassa la joue de Mozart avant de poser la tête sur son épaule, le visage tourné vers son cou.

— Si ça avait été trop, j'aurais dit quelque chose.

— Vraiment ?

Summer se rassit et soupira.

— Oui, Mozart. Ma chance a peut-être tourné, mais je ne suis pas complètement idiote. Henry est un con, mais même lui n'aurait pas pu me faire dormir dans cet endroit s'il était couvert de trente centimètres de neige. D'ailleurs, Joseph essayait de le retaper pour le faire ressembler davantage à une chambre d'hôtel qu'à un débarras.

— Joseph ? Qui c'est, celui-là ?

Mozart renifla.

— Je n'arrive pas à croire que quelqu'un d'autre savait que tu vivais dans ce trou à rat et n'ait rien dit.

Le silence s'étira entre eux. Mozart finit par le rompre :

— Je veux qu'Ice ou l'une des autres femmes t'appellent pendant que nous serons partis. Tu acceptes de leur parler ?

— Pourquoi ?

— On en a un peu discuté hier. Elles se soutiennent mutuellement pendant que nous sommes à l'étranger. Je veux qu'elles te le fassent partager.

— Mais elles ne me connaissent pas, Mozart. Elles ne voudront pas me parler de quoi que ce soit.

— Si.

Summer secoua simplement la tête. Elle savait que ce n'était pas vrai.

— D'accord, comme tu veux, Mozart.

Mozart se tourna sur le banc et plaça les mains sur les épaules de Summer. Ses pouces frottèrent juste contre sa clavicule. Il savait qu'elle ne le sentirait pas à travers ses vêtements et sa veste, mais ce geste l'apaisait. Bon sang, à chaque fois qu'il la touchait, il s'apaisait.

— On m'a dit que quand une femme dit « comme tu veux », ça veut généralement dire le contraire. Qu'est-ce qui ne va pas, petit soleil ?

Summer soupira et évita le regard de Mozart. Elle

regarda par-dessus son épaule le sentier qui serpentait autour du lac.

— Ça ne marchera pas, Mozart. Tu ne peux pas aller trouver tes amies, leur dire que tu as rencontré une femme et leur demander de m'appeler, de faire amie-amie et de parler de leurs inquiétudes concernant leurs hommes. Ça ne marche pas comme ça. Bon sang, des gens que je connais depuis des *années* n'ont pas pris la peine de m'appeler pour voir comment j'allais après avoir divorcé et perdu mon travail. Malgré toutes tes aventures, tu ne connais rien aux femmes.

— Regarde-moi.

Summer soupira et regarda à nouveau Mozart dans les yeux. Elle voyait qu'il était préoccupé et frustré. Il fronçait les sourcils et son front était barré de lignes de stress. Même la cicatrice sur sa joue semblait plus rouge que d'ordinaire.

— Je veux que tu apprennes à les connaître. Je veux qu'elles apprennent à te connaître. Je ne veux pas que tu restes ici toute seule. Tout en moi se rebelle contre cette perspective.

— Ça fait un bon moment que je suis seule. Ce n'est pas comme si je n'avais jamais vécu ça.

— Mais tu n'es plus seule. Tu m'as, moi.

Les yeux de Summer se remplirent de larmes et elle se mordit la lèvre.

Mozart tira sur sa lèvre et se pencha en avant.

— Laisse-moi essayer, s'il te plaît. Si l'une d'elles

t'appelle, tu lui parleras ? Tu essaieras de faire amie-amie ?

— Bien sûr. Ça me manque d'avoir quelqu'un à qui parler, mais je ne veux pas que tu rentres à la maison et les forces à m'appeler. Si tu es aussi séducteur que tu me l'as dit, si tu as couché avec autant de femmes que tu le prétends, elles vont penser que je ne suis qu'une personne supplémentaire dans ta longue série de conquêtes.

— Non, elles ne le penseront pas.

— *Si*, Mozart. Bon sang, j'ai connu ça. Je suis une femme. Je connais ces choses-là. Tu vas descendre et leur dire : « Hé, j'ai rencontré une femme à Big Bear. Pendant qu'on est partis, est-ce que vous pouvez l'appeler et l'inclure dans votre petit groupe d'amies ? » Et elles vont accepter, parce qu'elles t'apprécient et que tu es leur ami. Mais quand on y réfléchit bien, je suis une inconnue. Pour elles, je ne suis qu'une autre femme que tu as séduite.

— Tu te trompes.

Tout en s'écartant de lui, Summer se redressa et descendit rapidement les deux marches qui menaient au banc et à Mozart, et elle se tourna vers le lac, les bras repliés autour de son ventre.

— Merde, Mozart, je ne me trompe pas.

Summer sentit qu'il la prenait dans ses bras par-derrière, les enroulant autour de sa poitrine.

Mozart posa la tête sur l'épaule de Summer et la

serra fort. Il rapprocha les lèvres de son oreille et lui parla d'une voix basse et franche.

— Je n'ai jamais demandé à Ice ou aux autres de parler à une femme que j'ai séduite. Ces femmes sont sorties de ma vie à la seconde où j'ai quitté leur lit. Je ne les ai jamais revues après coup. Je sais que tu as du mal à comprendre, mais Ice est exactement comme toi. Elle est extrêmement loyale. Elle était là quand ces connards m'ont lacéré le visage. Elle me *connaît*. Je ne vais pas aller la trouver et lui dire que j'ai rencontré une femme. Je vais aller lui parler et lui dire que j'ai rencontré *ma* femme. Dès que ces mots seront sortis de ma bouche, elle me harcèlera pour que je lui donne ton numéro de téléphone. Fais-moi confiance, petit soleil. Je ne vais plus te laisser en plan. Si je te dis qu'elle va t'appeler, elle va le faire.

Summer sentit qu'il la retournait et elle plaqua le visage contre la poitrine de Mozart. Elle sentit que son bras venait se poser au creux de son dos tandis que son autre main allait sur sa nuque alors qu'il la tenait contre lui. Elle serra sa veste dans ses mains qui étaient coincées entre leurs corps.

— J'en ai besoin, petit soleil. J'ai besoin de savoir que tu as mes amies derrière toi. Je jure qu'après t'avoir parlé une seule fois, elles deviendront tes amies aussi. Elles ne te laisseront pas en plan. Elles tenteront de devenir amies avec toi. Je le jure.

— Très bien, Mozart, je te fais confiance. Je lui parlerai si elle appelle.

— *Quand* elle t'appellera.

Summer sourit malgré son trouble.

— Quand elle appellera.

— Bon Dieu, tu es vraiment une chieuse.

Mozart s'écarta et baissa les yeux vers Summer. Le froid avait fait rougir son nez et la pointe de ses oreilles et elle ne portait pas de maquillage, mais elle était la femme la plus belle qu'il avait jamais vue. Elle n'avait pas peur de se disputer avec lui. Elle n'avait pas peur de lui dire exactement ce qu'elle pensait, et elle voulait que ce soit réciproque. Elle était parfaite.

— Tu es à moi, petit soleil. Je reviendrai dès que possible. Mais rappelle-toi simplement que mes amies sont aussi tes amies à présent. D'accord ?

— D'accord.

— Alors ne restons pas dans le froid et allons trouver quelque chose à manger.

Summer laissa Mozart les ramener vers sa voiture. La journée passait trop vite. Il serait bientôt parti. Bien trop tôt.

Le dîner s'écoula trop vite. Summer eut beau essayer d'ignorer le sujet épineux, elle en fut incapable. Mozart partait. Il en avait tellement fait pour elle durant le peu de temps qu'il avait été là, et elle avait presque l'impression que cela arrivait à quelqu'un d'autre. Summer n'était pas naïve. Elle savait que

Mozart aimait contrôler et la situation était aussi incontrôlable que possible. Elle espérait qu'il ressente toujours la même chose pour elle quand il reviendrait, mais elle n'en était pas certaine. Il faudrait qu'elle laisse venir les choses.

Ils quittèrent le restaurant et retournèrent à l'hôtel. Mozart lui prit la main et la mena à la chambre numéro sept sans dire un mot. Une fois à l'intérieur, il lui lâcha enfin la main et se dirigea vers le petit bureau. Il arracha une feuille de papier du bloc-notes qui s'y trouvait et y écrivit quelque chose. Puis il se dirigea vers le téléphone posé près du lit et recopia le numéro qui y était inscrit sur un autre bout de papier qu'il fourra alors dans sa poche.

Mozart revint vers l'endroit où se tenait Summer et lui reprit la main. Il la guida jusqu'au bout du lit et ils s'assirent. Il se positionna de côté, comme il l'avait fait seulement deux nuits auparavant, et il garda la main dans la sienne.

— Bon, petit soleil, voilà les numéros dont je t'ai parlé. Tex est mon ami en Virginie. Je t'ai aussi mis mon numéro de portable, mon fixe et mon travail. Il y a également le numéro d'Ice. Je t'aurais aussi donné ceux de Fiona et d'Alabama, mais je te connais suffisamment pour savoir que ce serait déjà trop pour toi d'appeler un seul des numéros que je t'ai donnés. Promets-moi simplement de m'appeler, moi, Tex ou Ice, si tu as besoin de quoi que ce soit.

— Je ne vais avoir besoin de rien, Mozart.

— Tu n'en sais rien. Il peut arriver n'importe quoi à l'improviste.

— Il n'arrivera rien.

— Sérieusement, écoute-moi. Je vais te dire quelque chose que seuls mes coéquipiers savent. Je ne suis même pas certain qu'ils en aient parlé à leurs compagnes.

Summer ne put que hocher la tête. Il était très sérieux. Elle n'avait jamais vu Mozart l'air si anxieux et préoccupé.

— Je pensais comme toi autrefois. J'étais un adolescent qui vivait sa vie. Nous étions heureux, nous étions normaux. Puis ma petite sœur a été enlevée. On n'a plus eu de nouvelles pendant deux semaines. Nous n'avions aucune idée de l'endroit où elle se trouvait. Un couple a retrouvé son corps malmené dans les bois. Elle avait été agressée sexuellement et étranglée. Elle ne l'avait pas mérité. On ne pensait pas non plus qu'il puisse se passer quelque chose de mal. Je *sais* qu'il arrive de mauvaises choses, Summer. Je l'ai connu. Je t'en prie... pour moi. Promets-moi d'appeler s'il se produit quoi que ce soit. Si je ne suis pas dans le pays pour te venir en aide, j'ai besoin de savoir que tu prendras contact. Tex pourra te venir en aide.

— Je le promets.

Summer n'avait pas pris le temps de réfléchir. Il était évident que Mozart avait besoin qu'elle le lui dise. Elle ne s'imaginait pas comment lui et sa famille avaient survécu à une telle chose, mais cela expliquait beaucoup de choses sur lui.

Mozart, qui avait retenu sa respiration, poussa un soupir.

— Je te le promets, Mozart, répéta Summer en posant la main sur sa joue scarifiée.

— Merci.

Mozart prit Summer dans ses bras et ils s'assirent sur le lit, s'étreignant pendant un long moment.

— C'est nul.

Summer fut bien obligée de rire. C'est vrai que c'était nul, mais Mozart ressemblait à un petit garçon capricieux. Elle se recula.

— Ne fais pas l'enfant. Tu seras vite rentré. Je serai là, à effectuer toujours les mêmes tâches jour après jour. J'ai un million de numéros de téléphone que tu m'as donnés. Plein de gens ont des relations à distance.

— Pas moi.

— Eh bien, je ne sais pas si tu comptes. Est-ce que tu as déjà eu une relation avant ?

— Euh, non. Mais c'est quand même nul.

Summer sourit.

— Je ne sais pas comment c'est arrivé aussi vite. C'est fou. Mais tu vas me manquer.

— J'espère bien.

Ils se sourirent.

— Il faut que j'y aille. On doit se retrouver à la base tôt dans la matinée.

Mozart prononça ces paroles, mais ne bougea pas.

— Tu veux bien m'embrasser avant de partir ?

— Comme si tu avais besoin de demander... Viens ici.

Mozart reprit Summer dans ses bras et se laissa tomber de côté sur le lit, la serrant contre lui. Il posa sa main à l'arrière de sa tête et l'attira à lui. Il n'y avait aucune tendresse dans son baiser. Il la contrôlait, l'inhalait. Il la dévorait.

L'autre main de Mozart lui caressa le dos, puis le côté, puis descendit jusqu'à l'ourlet de son t-shirt. Tout en l'embrassant, il lui retroussa son haut pour toucher sa peau brûlante et fit lentement courir sa main le long de son flanc jusqu'à ce qu'il atteigne son sein.

Il lui inclina la tête à sa guise et roula jusqu'à ce que Summer se retrouve sous lui. Plaçant une de ses jambes entre les siennes, il la maintint en place. Il la sentit remonter son autre jambe jusqu'à ce que son pied repose sur le lit et qu'il pousse son genou contre sa hanche. Mozart savait que la situation tout entière échappait à son contrôle, et vite, mais il ne put s'en empêcher. Il avait besoin de la sentir au moins une fois avant de partir.

Il posa une main sur la poitrine de Summer sous son haut et saisit son sein à travers son soutien-gorge. Il l'entendit prendre une inspiration en même temps qu'il sentit son mamelon se durcir sous sa paume. Voulant voir ses yeux alors qu'il la touchait pour la première fois, il se recula. Elle avait les yeux fermés et elle arquait le dos sous son toucher.

— Ouvre les yeux, petit soleil, lui ordonna Mozart d'un ton bourru.

Les paupières de Summer s'ouvrirent brusquement ; elles étaient dilatées et elle haletait contre lui.

— Touche-moi, l'implora-t-elle doucement sans rompre le contact visuel.

Mozart se décala et se rapprocha d'elle. Il sentait sa chaleur à travers leurs vêtements, contre sa virilité durcie. Ne détournant pas le regard de son visage, il fit lentement descendre le rebord de son soutien-gorge jusqu'à ce qu'il se retrouve sous la courbe de son sein. Il aurait vraiment aimé pouvoir la voir, mais ceci était presque plus érotique. Son t-shirt la couvrait, mais il savait que s'il baissait les yeux, il verrait son mamelon pointer contre le tissu.

Enfin, il recourba les doigts autour de son sein nu. Ils inspirèrent tous les deux en même temps. Ne se sentant pas satisfait, Mozart partit en exploration. Il fit courir le bout de ses doigts en cercles autour de l'aréole du sein Summer, ne touchant pas son mamelon qui se durcissait. Il insista et la caressa sans cesser de la regarder dans les yeux.

Au bout d'un moment, incapable de se retenir davantage de la toucher, il lui demanda :

— Tu as envie, petit soleil ?

— Oh, oui ! Je t'en prie, touche-moi.

Sans se faire prier davantage, Mozart pressa son mamelon entre son pouce et son index. Summer cambra le dos et gémit, fermant les yeux pour la première fois depuis qu'il avait commencé à toucher sa peau nue.

Mozart continua de faire rouler son mamelon entre ses doigts.

— Bon Dieu, tu es magnifique. Tu es parfaite. J'ai hâte de voir ces beautés. Tu es tellement réactive ! Quand je t'aurai enfin nue sous moi, je ne pense pas qu'on va s'arrêter avant plusieurs jours.

— Oui, oh, Dieu ! *Oui.*

Mozart se pencha et prit son mamelon dans sa bouche à travers son t-shirt. Il n'avait pas prévu d'aller aussi loin, mais il ne parvint pas à s'en empêcher. Summer était tellement sexy et si ouverte. Il suça aussi fort qu'il le put à travers le coton de son haut et fut récompensé en l'entendant pousser un autre gémissement torturé. Mozart la sentit se contorsionner sous elle.

Sachant qu'ils étaient tous les deux allés bien trop loin pour pouvoir s'arrêter, Mozart prit son mamelon entre ses dents et tirailla légèrement. Enfin, il releva la tête afin de regarder le visage de Summer et vit qu'elle le regardait.

— C'est trop sexy, lui dit-elle franchement, s'exprimant une fois de plus devant lui sans le moindre artifice.

— Non, c'est toi qui es trop sexy, répondit-il tout en faisant rouler son mamelon dans sa main.

Au bout d'un long moment, Mozart s'arrêta et plaqua sa grande main sur son sein, à regret. Il posa la tête sur son épaule. Il sentit qu'elle levait une main et la posait à l'arrière de son crâne. Il se remémora vaguement ses ongles qui s'enfonçaient dans son dos pendant qu'il se délectait de son mamelon, mais il n'en était pas certain.

— À la seconde où on atterrira, je me mettrai en route pour revenir. Je ne vais plus te donner de temps.

Ce n'était pas une question.

— D'accord.

Mozart leva la tête et lui dit sérieusement :

— Tu es à moi. Je n'ai encore jamais été sur le point de jouir juste à sucer les mamelons d'une femme à travers son haut. Je ne sais pas ce que tu as de si spécial, mais tout ce que je sais est que tu es à moi.

— Euh... ce n'est pas la chose la plus romantique que j'ai entendue, mais...

— Je ne suis généralement pas un homme romantique, Summer, mais avec toi, j'ai envie de l'être. Je sens ta chaleur à travers nos vêtements. Si tu penses que je vais passer une autre nuit allongé à côté de toi sans ressentir cette chaleur sur ma peau, tu es folle. Tu es à moi.

Il aurait tellement voulu lui ordonner de venir à Riverton avec lui, mais il savait qu'il ne pouvait pas.

— Je n'ai jamais joui juste avec... ça... avant, non plus.

Mozart la dévisagea.

— Tu...

— Oui.

— Seigneur. Tu es vraiment une chieuse.

Mozart sourit en prononçant ces mots, mais il se sentait comme un superhéros.

— Si c'est tout ce qu'il te faut, tu vas passer un super bon moment à mon retour.

— C'est toi. Ton odeur. Les grognements que tu émets. Ta façon de prendre les choses en main. La sensation de tes mains contre ma peau. La façon dont tu me regardes dans les yeux. C'est simplement *toi*.

La main de Mozart reposait toujours contre sa peau et Summer la sentit se contracter en réaction à ses paroles. Son mamelon recommença immédiatement à se durcir.

À contrecœur, Mozart retira sa main de son sein et remonta son soutien-gorge pour la recouvrir. Il fit courir sa main sensuellement le long de son ventre jusqu'à ce qu'il repose sur sa hanche.

— Tu es trop maigre. La prochaine fois, je veux que tu aies pris du poids.

— D'accord.

— Et si tu te retrouves à court de nourriture, appelle Tex, il s'en occupera.

— D'accord.

— Et je veux que tu m'appelles tous les jours pendant mon absence. Laisse-moi un message pour que je sache que tu vas bien.

— Je n'ai pas d'argent pour passer des appels longue distance.

Summer était honnête avec lui.

— Je te laisserai une carte téléphonique.

— Mais tu n'auras même pas les messages si tu es hors du pays.

— Petit soleil...

— D'accord, très bien, chef. Je le ferai.

— Et s'il te plaît, ferme cette porte à clé et fais attention.

— D'accord.

— Je dois y aller.

— Je sais.

— Je vais revenir.

— D'accord.

— *Je vais revenir.*

— Je *sais.*

— Embrasse-moi une dernière fois avant de partir.

* * *

— Wolf ? C'est Mozart. Est-ce que je peux parler à Ice ?

À la seconde où Mozart était sorti du parking des *Big Bear Cabins*, quittant Summer, il avait pris son portable et avait appelé Wolf. Il avait besoin de parler à Ice sans attendre.

— Tout va bien ?

Mozart savait que Wolf voudrait protéger Caroline de n'importe quel danger, émotionnel ou physique. Il n'était pas en colère. Il savait que Wolf protégeait simplement sa compagne. Pour la première fois de sa vie, il comprenait. Il ressentait la même chose envers

Summer. Il ne le lui reprocha même pas, se contentant de répondre :

— Oui, tout va bien. J'ai simplement besoin d'une faveur.

— Attends.

Mozart attendit avec impatience, pianotant sur le volant alors qu'il descendait la montagne. Il ne s'était pas attendu à ce que quitter Summer soit aussi douloureux. Tout était tellement inachevé et il détestait cela. Bon sang, il n'avait même pas encore couché avec elle et il ne s'imaginait pas ne pas la voir tous les jours. Il était vraiment accro.

— Salut, Sam, qu'est-ce qu'il se passe ?

Mozart ne pensait pas s'habituer un jour à ce qu'on l'appelle Sam, mais dans le cas d'Ice, il ne se plaignait pas.

— J'ai besoin que vous étendiez votre cercle pendant cette mission.

— Notre cercle ?

— Oui, votre groupe. Vous savez, quand vous, les filles, vous retrouvez et vous soutenez mutuellement pendant que nous sommes partis.

— Je ne comprends pas.

— J'ai rencontré quelqu'un. J'aimerais que tu l'appelles pendant que nous serons partis. Que tu t'assures qu'elle aille bien. Tu sais... incluez-la. Elle s'inquiétera comme vous, et j'aimerais qu'elle ait un groupe de soutien.

— Tu as rencontré quelqu'un ?

— Ouais.

— Tu as *rencontré* quelqu'un ?

— Oui, Ice. Qu'est-ce qui t'arrive ?

— Attends.

Mozart retira le téléphone de son oreille et regarda l'écran, confus, pendant une seconde. Il savait que ce serait étrange, mais Ice se comportait encore plus bizarrement qu'il ne l'avait envisagé. Il sourit une seconde plus tard quand il entendit Ice pousser un cri étouffé en bruit de fond puis s'exclamer :

— Il était temps !

Elle avait l'air complètement calme et posée quand elle reprit le téléphone.

— Comment elle s'appelle ?

Mozart ricana.

— J'avais dit à Summer que tu aurais cette réaction.

— Summer ? C'est son nom ?

— Oui.

— Et tu lui as dit que tu m'appellerais et que je serais contente que tu aies rencontré quelqu'un ?

— Pas exactement en ces termes, mais oui.

— Elle me plaît déjà.

— Elle te plaira. Mais, Ice, elle a des problèmes...

Avant qu'il ne puisse continuer, Caroline l'interrompit :

— Qui n'en a pas ?

— Je veux simplement dire que je lui ai soutenu que tu l'appellerais. Si tu ne le fais pas... ça va la détruire.

— Ne t'inquiète pas, Sam. Je l'appellerai.

Incapable d'empêcher le soulagement de filtrer dans sa voix, Mozart dit :

— Merci.

— À présent, raconte-moi tout.

— Tout ?

— Oui, comment vous vous êtes rencontrés, où elle travaille, ce qu'il se passe… tu sais… tout.

Mozart rit sous cape. Quand Ice avait une idée dans la tête, elle ne lâchait jamais l'affaire. Au moins, cela rendrait le trajet jusqu'à Riverton intéressant.

Le temps que Mozart se gare sur le parking de son appartement, il se sentait beaucoup mieux d'avoir laissé Summer. Cela ne le ravissait toujours pas, mais il savait qu'Ice et les autres femmes s'occuperaient d'elle pour lui jusqu'à son retour. Il devrait s'en contenter le temps qu'il parvienne à la convaincre de descendre vivre avec lui. La pensée qu'elle habite avec lui ne l'effrayait même pas. Elle était à lui. Point barre. Mais se dire qu'elle risquait d'avoir besoin de lui pendant son absence le faisait vraiment flipper. Il savait que cela découlait de l'enlèvement d'Avery et de la sensation d'impuissance qui s'était ensuivie, mais il ne pouvait rien y changer.

Il avait été honnête avec Summer en lui disant que la perspective qu'elle ait froid ou faim le rendait malade. Il savait que toutes les fois où il s'était moqué de Wolf, d'Abe ou de Cookie pendant qu'ils étaient en mission reviendraient le hanter. Il comprenait à présent pourquoi ils s'étaient sentis tellement anxieux quand ils s'étaient retrouvés loin de leurs compagnes. Il avait fini par ressentir la même chose. Au fond, ils étaient des protecteurs, et se retrouver dans une position dans laquelle ils ne pouvaient *pas* protéger leurs femmes n'était pas une sensation agréable.

11

Salut, Mozart, c'est moi. Encore une fois, juste pour que ce soit clair, je trouve bête que tu m'aies dit de te laisser un message tous les jours. Et si je remplis ta boîte et que quelqu'un d'important a besoin de t'en laisser un ? Quoi qu'il en soit, ici, il ne se passe rien. Les clients sont toujours rares, ce qui me convient parfaitement. Henry fait toujours sa forte tête. Je ne sais pas ce qui le turlupine, mais au moins, il me laisse tranquille. J'ai toujours des tonnes de nourriture à manger, et c'est génial. Joseph a commencé à bien moderniser les chambres. Apparemment, le réfrigérateur et le micro-ondes que tu m'as installés dans la chambre ont fait réfléchir Henry, et il va en mettre dans chaque chalet. Je ne suis pas certaine que ça fasse venir les gens, mais c'est un début. Joseph a également essayé de refaire une beauté au terrain pour le rendre plus acceptable. Aujourd'hui, il a commencé à peindre certaines des chambres vides. Il nous a vraiment beaucoup aidés. Quoi qu'il en soit, j'espère que tu vas bien et que ta... mission... se passe bien. Tu me manques. À plus.

Summer raccrocha. C'était vraiment ridicule que Mozart veuille qu'elle lui laisse un message tous les jours, mais elle ne pouvait pas nier que cela lui donnait la chair de poule de songer qu'il allait écouter tous ses messages à son retour. C'était comme de lui laisser un journal de ses journées et c'était intime. Même si ce n'était qu'un message.

Cela dit, elle n'avait pas vraiment grand-chose d'intéressant à lui raconter, et cela l'inquiétait. Sa vie était relativement ennuyeuse. Elle n'avait pas de voiture, alors elle restait tout le temps près du motel. Mais au moins maintenant, elle avait chaud et n'avait pas constamment faim.

Cela dit, elle n'avait pas de nouvelles de l'amie de Mozart. Elle ne s'y était pas vraiment attendue, malgré ce qu'il lui avait dit, mais cela la blessait quand même. Cela lui rappelait ce qu'elle avait ressenti lorsqu'elle avait rencontré Mozart. Il avait dit qu'il allait revenir et ne l'avait pas fait. Même si Summer n'avait pas cru qu'il était sérieux, une partie d'elle, au fond d'elle, l'avait cru. Il avait été tellement sincère quand il lui avait dit que cette Ice l'appellerait qu'il était parvenu à le lui faire croire. Mais quatre jours s'étaient écoulés et son téléphone n'avait pas sonné une fois.

Summer aimait pouvoir s'abstenir d'aller prendre

le petit-déjeuner au bureau. Elle avait toujours détesté la façon dont Henry la fusillait du regard quand elle prenait de la nourriture en plus pour manger plus tard. À présent que Mozart l'avait bien installée, elle n'avait plus à y penser. Elle pouvait dormir plus tard et se préparer à son aise dans sa chambre. Ce matin-là, cependant, elle n'avait pas autant de temps que d'habitude, parce que Henry lui avait dit qu'ils auraient quelques clients supplémentaires qui devaient arriver dans la journée. L'enregistrement était typiquement à trois heures, mais ce groupe avait demandé à arriver plus tôt. D'habitude, cela n'aurait pas été très grave, mais puisque Joseph repeignait certaines des chambres, ils n'en avaient pas beaucoup à louer. Summer devait commencer plus tôt que d'ordinaire pour aller préparer les chambres. Ce n'était pas un gros groupe, juste trois chambres, mais Henry était tellement content d'avoir du passage qu'il se comportait comme s'ils s'apprêtaient à recevoir la reine d'Angleterre ou quelqu'un dans le genre.

Summer venait de refermer la porte de la dernière chambre qu'elle avait dû nettoyer pour la journée quand elle entendit une voiture pénétrer dans le petit parking. Elle y jeta un regard alors qu'elle se rendait vers le débarras pour y ranger ses produits ménagers et remiser son chariot, et elle vit trois femmes descendre d'une berline gigantesque. Le véhicule semblait neuf et il était immense. Elle se dit qu'elle aurait vraiment eu du mal à conduire un tel véhicule, puis elle se contenta de hausser les épaules et poursuivit son chemin. Elle avait hâte d'aller s'allonger dans sa chambre. Elle était fatiguée et légèrement déprimée. Mozart lui manquait plus qu'elle ne l'avait envisagé et elle avait seulement envie de regarder la télévision et de glander un peu.

Alors qu'elle retournait vers sa chambre, les trois femmes sortirent du bureau. Summer les regarda et fut choquée quand l'une d'elles l'appela par son prénom. Elle s'arrêta et se tourna pour les regarder, les voyant se diriger vers elle. Summer resserra davantage sa veste autour d'elle. Quand les clients lui parlaient, cela la rendait toujours nerveuse. Elle prenait particulière-ment garde à rendre tout ce qui avait été oublié dans les chambres, mais il était inévitable que l'un d'entre eux finisse par l'accuser d'avoir dérobé un objet qu'ils avaient simplement perdu. Summer ne reconnaissait pas ces femmes, mais cela ne voulait pas dire qu'*elles* ne se rappelaient pas à quoi elle ressemblait. Après tout, elle était la seule femme de chambre de l'hôtel.

— Oui ?

Le mot sortit avec un peu plus de rudesse qu'elle n'en avait eu l'intention, mais il était trop tard pour le ravaler.

— Tu es Summer, n'est-ce pas ? La Summer de Sam ?

— Sam ?

Une des autres femmes rit.

— Mozart. Caroline veut dire Mozart.

Summer ne put que dévisager ces inconnues, confuse.

— Euh, je connais Mozart, si c'est ce que vous voulez savoir.

Étaient-elles d'anciennes conquêtes de Mozart ? Elle se sentait complètement perdue.

— Merde, les filles. Vous lui faites peur. Summer, je suis Fiona. Voici Caroline et Alabama. Sam t'a bien parlé de nous ?

Summer en resta bouche bée. Elle croyait que Caroline allait l'appeler et non se pointer ici, avec d'autres personnes en plus. Elle replaça nerveusement une mèche de cheveux derrière son oreille.

— Il a dit que tu appellerais, dit-elle franchement en regardant la femme qui s'appelait Caroline.

— Je sais. Il m'a appelée à la seconde où il est parti d'ici dimanche pour me demander si je pouvais te téléphoner. Mais j'ai parlé à Fi et Alabama et on a décidé qu'on avait le temps de partir en vadrouille. On voulait rencontrer la femme qui a domestiqué Sam, et on voulait aussi faire ce qu'il voulait : te rassurer à propos de nos hommes. Ils savent ce qu'ils font et ils vont revenir en un seul morceau.

Summer ne savait toujours pas quoi répondre. Elle se sentait vraiment gênée.

— D'accord...

Caroline rit, fit un pas en avant et passa son bras

dans celui de Summer comme si cela faisait des années qu'elle la connaissait et pas simplement quelques minutes.

— Je sais que j'ai l'air d'une folle, mais je te jure que je ne le suis pas.

Elle regarda Summer avec un sérieux qu'elle n'avait pas manifesté auparavant.

— Tu as attiré l'attention de Sam. Cela n'arrive pas. Jamais. Alors quand il m'a dit qu'il s'inquiétait pour toi et qu'il voulait que je t'appelle, j'ai su qu'il fallait que je vienne. Tu es l'une d'entre nous. Être avec un soldat d'élite n'est pas une chose facile. D'ailleurs, parfois, c'est vraiment nul. Alors on a voulu venir ici pour te témoigner notre soutien. Il faut qu'on se serre les coudes. Alors qu'en dis-tu ?

— Vous allez rester ici ?

Alabama s'exprima pour la première fois.

— Ce n'est pas vraiment le Ritz, n'est-ce pas ?

— Euh, non. Je suis certaine que vous pouvez trouver un meilleur endroit qu'ici.

— Oui, mais c'est ici que *tu* es. Alors nous voilà, dit spontanément Fiona. Allez, Summer. Qu'est-ce que tu as à perdre à passer du temps avec nous ? On a l'air si méchantes ?

Horrifiée que ces femmes puissent penser une seconde qu'elle ne voulait pas passer du temps avec elles et qu'elle n'était pas contente de les avoir ici, Summer s'empressa de balbutier :

— Oh, Dieu, non. Non, je suis super contente que

vous soyez là. Je ne comprends pas vraiment pourquoi, mais je suis contente quand même. Tous les amis de Mozart sont aussi mes amis, je l'espère.

— Tu as fini pour la journée ? demanda Caroline.

Summer hocha la tête.

— Cool. Donne-nous le temps de nous installer puis on trouvera bien quelque chose à faire. On a super faim.

— D'accord. On se retrouve ici dans quinze minutes ? C'est assez pour vous ? demanda Fiona à la cantonade.

Elles acquiescèrent toutes et se dispersèrent vers leurs chambres respectives. Summer resta en plan sur le parking pendant quelques secondes avant de secouer la tête et de se diriger vers sa chambre. Elle ne savait pas ce qui l'attendait pour la soirée, mais quoi que ce soit, ce serait intéressant.

Summer jeta la tête en arrière et partit d'un rire hystérique. Ces femmes étaient hilarantes. Elle ne se souvenait pas de s'être autant amusée. Elles s'étaient retrouvées sur le parking et avaient toutes grimpé dans la monstrueuse berline. Caroline avait éclaté de rire en disant que Matthew la lui avait achetée parce qu'il voulait qu'elle soit en sécurité. Summer trouva cela familier.

Elles avaient dîné au même resto à steak où Mozart l'avait emmenée la première fois qu'ils s'étaient rencontrés, puis elles avaient toutes bougé vers un minuscule bar miteux. Fiona ne buvait pas, mais le reste d'entre elles se mit à avaler shot après shot. C'était amusant d'être capable de se lâcher pour la première fois depuis longtemps. Summer ne savait pas si elle serait assez à l'aise auprès de ces femmes pour se laisser aller, mais elle avait rapidement décidé qu'elle leur faisait assez confiance pour se griser un peu.

— Vous vous souvenez de la fois où nous sommes toutes sorties un soir, et les garçons nous ont suivies, se sont assis dans un coin et ont fusillé du regard tous les hommes qui ont fait ne serait-ce que nous *regarder* ? Le manager était vraiment content quand on a enfin décidé de rentrer. Il avait peur que nos soldats d'élite ne fassent la vie dure aux autres clients et qu'il perde toute sa clientèle.

Les femmes racontèrent en riant une série d'histoires dans lesquelles leurs hommes s'étaient montrés super protecteurs et durs à cuire. Aucune d'elles ne trouvait à redire aux actions de leurs compagnons.

Voyant que Summer était déboussolée par leurs anecdotes, Fiona essaya de lui expliquer :

— Summer, être avec un soldat d'élite est une affaire de tact. Dès qu'ils entrent au camp d'entraînement, ils apprennent qu'ils sont là pour protéger les autres. Leurs coéquipiers, leurs femmes, d'autres pays, les gens abusés et négligés… Cela fait partie de ce qu'ils sont. Alors que toi et moi savons toutes les deux que nous sommes capables de vivre sans avoir besoin que quelqu'un soit constamment en train de nous protéger, ils ne parviennent pas à se le fourrer dans le crâne. Il faut simplement apprendre à faire avec. On les autorise à nous suivre quand on sort parce que les avantages qu'on en tire valent dix fois les désagréments.

— Que veux-tu dire ?

— Hunter ferait n'importe quoi pour moi. Je n'ai qu'à demander. Il s'assurera que personne ne me harcèle. Il mettrait tout et n'importe de quoi en suspens – et l'a déjà fait – juste pour me voir. Quand tu es triste, ils veulent te rendre heureuse. Quand tu es heureuse, ils veulent savoir pourquoi afin de pouvoir le refaire encore et encore. Et le sexe ! Waouh ! Enfin, je pense que tu le sais, mais le sexe est absolument incroyable. Je n'aurais jamais pensé être capable de reprendre goût au sexe après ce qui m'est arrivé, mais le fait que Hunter se concentre entièrement sur ma satisfaction au lit est une chose que je chérirai et entretiendrai de toutes mes forces.

Ressentant les effets de l'alcool, Summer n'analysait pas ces paroles comme elle l'aurait fait d'ordinaire. Elle sentait que quelque chose était différent chez Fiona, mais elle ne savait pas quoi.

— Après ce qui t'est arrivé ?

Fiona posa une de ses mains sur celle de Summer.

— Oui, je te raconterai toute l'histoire un jour, mais

pour faire court, j'ai été enlevée et emmenée au Mexique pour être livrée à un réseau d'esclavage sexuel. Hunter et l'équipe sont venus sauver quelqu'un d'autre, et ils m'ont retrouvée aussi.

Summer était horrifiée. Elle avait lu que ce genre de choses arrivait, mais elle n'avait jamais pensé rencontrer quelqu'un qui y avait survécu.

— Quoi ? s'écria-t-elle, se redressant soudainement en renversant son tabouret qui heurta le sol à grand bruit. Tu plaisantes ? Ils les ont attrapés ?

Fiona ne parut même pas s'alarmer de sa réaction.

— Rassis-toi, Summer. Je vais bien. Tu vois ? Je suis là, je suis en train de te parler. Je vais bien. Ils ne les ont pas attrapés, mais peu m'importe. Hunter m'a sauvée. C'est ce que je suis en train d'essayer de te dire. J'aime le fait qu'il veille sur moi. J'aime savoir qu'il s'inquiète pour moi. Je choisirais sa protection rapprochée tous les jours plutôt que de revivre ce que j'ai traversé.

Summer s'assit, les larmes aux yeux. Elle regarda soudain les autres femmes, remarquant qu'elles n'avaient rien dit.

— Et vous ? demanda-t-elle avec insistance. Est-ce que ça vous est arrivé aussi ?

— Sam ne t'a rien dit sur nous ? Vraiment ? demanda Caroline d'un ton curieux, éludant sa question.

— Non, mais dis-moi. Je ne peux pas le supporter.

Summer se frotta la poitrine.

— J'ai sauvé la vie de Matthew, puis il a sauvé la

mienne quand j'ai été capturée par des terroristes, dit simplement Caroline.

— J'ai rencontré Christopher pendant une fête, et le bâtiment a pris feu, dit doucement Alabama.

— Vous êtes sérieuses ? Vraiment ?

Quand elles hochèrent la tête, elle poursuivit :

— Oh, non. Je suis vraiment dans la merde. Je suis tellement ennuyeuse par rapport à vous. Je ne peux sauver personne. Je n'ai jamais rien fait. Je suis tellement normale que ce n'est même pas drôle.

Fiona se pencha à nouveau vers Summer.

— Mais tu ne comprends pas ? Peu importe ! Tu as retenu son attention. Je pense que tu sais que Sam n'a pas de relations durables. Jamais. Le fait qu'il veuille que Caroline t'appelle et te fasse entrer dans notre cercle est révélateur. Manifestement, tu n'as pas à faire quoi que ce soit. C'est le fait que tu sois toi qui l'a attiré.

Alors qu'elle finissait la boisson sucrée qui restait au fond de son verre, Summer leva les yeux et marmonna :

— Et si Mozart pense que je suis ennuyeuse au lit ?

Caroline fut la première à réagir.

— Tu es en train de me dire que vous n'avez pas encore couché ensemble ?

— Non, on a dormi ensemble. Mais il n'a pas voulu... tu sais. Il a dit qu'il voulait attendre. Je ne sais pas pourquoi... Peut-être parce qu'il ne m'apprécie pas de cette façon-là.

Summer ne croyait pas vraiment ce qu'elle disait. Elle savait que Mozart avait été excité quand ils avaient fait des choses sur le lit avant son départ. Il était évident qu'il la désirait, mais il n'avait pas saisi sa chance. Elle avait besoin de l'opinion d'une autre femme.

— Ça le prouve, Summer, dit honnêtement Caroline, semblant bien plus sobre qu'elle l'était vraiment. Si Sam ne t'a pas encore fait l'amour, il est à toi. Tu ne le comprends pas, et je suis sûre que tu n'as probablement pas envie de le savoir, mais il a couché avec beaucoup de femmes. *Beaucoup.* Et elles n'ont rien signifié pour lui. Je crois même qu'il ne se souvient probablement même pas de leurs noms.

Avisant l'air déçu de Summer, elle se hâta d'aller droit au but :

— Il ne s'est jamais retenu, pas une seule fois. S'il est avec toi, ça signifie que tu veux dire quelque chose pour lui. Cela veut dire que tu es tout pour lui. Ce n'est pas un homme qui prend la peine de protéger les sentiments des femmes avec lesquelles il couche. Tu ne comprends pas ? C'est le fait qu'il n'ait *pas* couché avec toi qui prouve à quel point il tient à toi.

Se sentant bien plus vulnérable qu'elle n'en avait eu l'intention, Summer demanda doucement :

— Tu en es sûre ?

— Oh oui, j'en suis sûre, dit vigoureusement Caroline.

Un sourire illumina le visage de Summer.

— Il me plaît aussi.

Les autres femmes poussèrent des cris de joie et éclatèrent de rire. Summer était tellement contente qu'elles soient venues la voir. Elle se sentait tellement mieux malgré le départ de Mozart. Elle n'allait pas se réjouir de les voir partir, et elle espérait qu'elles gardent le contact. Pour la première fois depuis longtemps, elle se dit qu'elles allaient peut-être le faire.

Après avoir passé une autre heure à rire, boire et discuter, elles décidèrent de rentrer. Les quatre femmes titubèrent hors du bar en se raccrochant à Fiona, qui était la seule à être sobre, aussi fort qu'elles le purent afin de ne pas tomber. En pouffant et riant, elles grimpèrent à bord de l'immense berline et s'échangèrent des histoires osées jusqu'au motel.

Après s'être garée sur une place vide devant leurs chambres, Fiona aida les autres à sortir de l'immense véhicule. Elle accompagna chaque femme jusqu'à sa chambre et les pria de verrouiller leur porte. Elles convinrent de se retrouver le lendemain pour le déjeuner, sachant qu'elles ne parviendraient pas à se lever pour le petit-déjeuner. Summer savait qu'elle devrait se lever pour travailler, mais pour le moment, elle n'y pensait pas. Fiona vint à sa porte en dernier.

Summer se tenait dans l'encadrement de la porte, attendant que Fiona vienne lui dire bonne nuit. En attendant, elle jeta un œil autour d'elle et aperçut Joseph qui se tenait au bout de la rangée de chalets. Summer ne savait pas où il dormait, mais elle avait pensé qu'Henry l'avait laissé rester dans une des chambres du motel, comme elle. Elle leva légèrement la main pour faire signe à l'homme à tout faire et vit qu'il lui souriait et la saluait du menton. Puis il resta planté à les regarder pendant que Fiona s'assurait que ses amies étaient en sécurité dans leurs chambres pour la nuit.

— Qui est-ce ?

Summer se tourna pour répondre à Fiona.

— C'est juste Joseph. C'est l'homme à tout faire. Il a beaucoup bossé pour rendre cet endroit plus acceptable.

— Il est glauque.

Summer retourna la tête vers l'endroit où Joseph s'était tenu, mais il n'était plus là. Elle haussa les épaules.

— Non, il est inoffensif. C'est juste un solitaire.

Pour changer de sujet, elle dit :

— Merci d'être venues, Fiona. J'apprécie. Je sais que vous ne me connaissez pas et que j'aurais pu être une garce.

— On savait que tu n'en étais pas une.

— Comment ?

L'effervescence de Summer commençait à retomber. Elle n'était pas entièrement sobre, mais elle avait sincèrement envie d'entendre ce que Fiona avait à dire.

— On a entendu parler de ce que tu avais fait pour Sam la première fois qu'il est venu ici.

— Quoi ? Comment ?

— Quand il a demandé à Caroline de t'appeler, il lui a raconté toute l'histoire. Il voulait qu'on sache qui tu étais, et ça a marché. Le fait que les cicatrices de Sam ne te fassent rien était une manière infaillible de convaincre Caroline de te prendre sous son aile, et Sam le savait. Elle se sent toujours particulièrement coupable de ce qui s'est passé, même si Sam lui a souvent répété que ce n'était pas sa faute. Alors que tu prennes sa défense devant ces femmes même si tu ne le connaissais même pas ? Oui, elle était forcée de venir. Tu es l'une d'entre nous, maintenant, Summer. On déteste quand nos hommes ne sont pas là. On s'inquiète pour eux la nuit, dans notre lit. On est terrifiées à l'idée qu'ils ne reviennent pas. Mais on ne leur montrerait jamais, et j'insiste vraiment sur *jamais*, qu'on s'inquiète. On ne leur dirait jamais à quel point on souffre. Ils souffrent suffisamment à leur manière. Alors on se retrouve entre filles pour prendre un verre. On se raconte nos inquiétudes. On a besoin les unes des autres, et tu as besoin de nous aussi. On fait partie d'un club unique. Aucune de nous n'a demandé à en faire partie, mais voilà ! Je suis certaine que tu te demandes si cela en vaut la peine, à cause de l'inquiétude, de la crainte et du fait de ne pas savoir où ils sont ou bien ce qu'ils font. Je peux te dire que oui. À cent pour cent. Ces hommes feraient n'importe quoi pour nous. Pour la plupart d'entre nous qui avons connu l'enfer, ils sont notre roc.

Fiona reprit son souffle et se pencha vers Summer.

— Si tu penses que tu es incapable de le supporter, il faut que tu rompes tout de suite. N'attends pas. Ils se comportent peut-être comme des durs à cuire, mais au fond, ils ne le sont pas. Ils sont probablement plus vulnérables que des hommes normaux, à cause de leur métier. Si tu as besoin d'en parler à quelqu'un, tu peux toujours appeler n'importe laquelle d'entre nous. On sera honnêtes avec toi. Mais je t'en prie, ne donne pas de fausses illusions à Sam. Ne te sers pas de lui.

Summer se détendit, contente que cela soit enfin dit. Elle se demandait quand cela arriverait. Cependant, elle avait pensé que cela viendrait de Caroline et non de Fiona.

— Je suis contente que Mozart vous ait pour veiller sur lui. Je ne vais pas lui faire de mal. Je ne sais toujours pas pourquoi il est avec moi, mais j'ai envie de lui.

Ses paroles étaient simples et sincères.

Fiona hocha la tête.

— C'est bien. Maintenant, va dormir. On se voit demain.

— Bonne nuit, Fiona. Merci encore.

Summer regarda Fiona se diriger vers sa chambre et refermer la porte derrière elle. Elle jeta à nouveau un œil autour du parking vide et sombre et ne vit personne. Elle ferma et verrouilla la porte avant de retirer ses vêtements, les laissant tomber à terre machinalement. Elle se dépêcha d'utiliser la salle de bains et se brossa les dents.

Ayant enfilé un t-shirt, elle grimpa dans le lit puis s'empara de son téléphone, ne pouvant résister à l'envie d'appeler Mozart. Elle avait tellement envie de lui parler que c'était douloureux, mais elle devrait se contenter de lui laisser un message.

Salut, c'est moi. Caroline, Alabama et Fiona sont venues aujourd'hui. On est parties dîner puis prendre un verre. Ne t'inquiète pas, Fiona était notre capitaine de soirée et elle nous a ramenées. Elles me plaisent. J'aime bien tes amies. Je suis tellement contente que tu aies des amies qui veillent sur toi. Et juste pour que tu le saches, tu me plais aussi. Je peux supporter ce que tu fais. Je peux tolérer ton travail. Si tu as vraiment envie d'être avec moi, je suis là. Je ne peux pas vivre une heure sans me souvenir de tout ce que tu as fait pour moi. Tu t'es occupé de moi sans que je me sente étouffée ou bizarre. J'aime être à toi... Mince. J'ai trop bu, alors c'est probablement sorti bizarrement, mais je voulais simplement que tu saches que je ne te manipulais pas. Je suis assez grande pour savoir ce que je veux, et je suis quasiment certaine que c'est toi. Alors tes amies me plaisent. Elles sont rigolotes. Je ne suis pas certaine qu'elles aiment rester ici au motel, mais elles l'ont quand même fait. Fiona a trouvé Joseph glauque, mais j'ai essayé de lui dire que ce n'était pas vrai, qu'il était juste un solitaire, comme moi. Mais je ne le suis plus. Je t'ai. Du moins, je le pense. Bon, voilà que je radote. Il faut que je me lève dans à peu près cinq heures, mais je voulais tout de suite te dire merci d'avoir appelé Caroline. J'ai hâte de te revoir. À bientôt.

· · ·

Summer raccrocha, sachant qu'elle avait l'air d'une idiote finie, mais elle espérait que Mozart comprenne ce qu'elle essayait de lui dire. Elle roula sur le côté et ferma les yeux. Quelques minutes plus tard, elle dormait.

12

———

Summer leur adressa un signe de la main alors que la berline quittait le parking. Elle avait passé les trois journées précédentes avec Caroline, Alabama et Fiona, et était sincèrement triste de les voir partir. Elles lui avaient vraiment ouvert les yeux quant à ce que cela signifiait d'être avec un soldat d'élite. Elle avait déjà une vague idée de ce qu'elles lui avaient dit, mais qu'elles le lui expliquent lui en avait véritablement fait prendre conscience.

Mais rien de ce qu'elles lui avaient révélé ne lui avait donné envie de rompre avec Mozart. Au contraire, cela ne l'avait rendue qu'encore plus déterminée à être le genre de femme dont il avait besoin. Il travaillait dur et risquait sa vie pour les autres, et elle voulait être là quand il rentrerait à la maison. Elle voulait lui rendre la vie plus facile.

Rencontrer Fiona et savoir qu'elle était une des

personnes que Mozart et son équipe avaient aidées lui avait vraiment permis de boucler la boucle. Les forces spéciales étaient sur le terrain, à aider d'autres personnes, et personne n'en savait rien. Tout était secret. Summer n'était pas naïve ; elle savait qu'ils étaient également envoyés en mission afin de tuer des gens. Des terroristes, des dictateurs, des trafiquants de drogue... peu importait. Elle tolérerait les tendances protectrices de Mozart parce qu'elle était absolument certaine que c'était dans sa nature.

Les femmes avaient eu une conversation durant laquelle Summer s'était demandé à haute voix si c'était sa situation qui avait piqué l'intérêt de Mozart et lui avait donné envie de la secourir. Elle avait rapidement compris son erreur.

Caroline lui avait dit carrément :

— Summer, si c'était tout ce dont il avait besoin, tu ne crois pas qu'il aurait déjà été avec quelqu'un ? Il a vu des centaines de gens comme toi, dont la chance a tourné, qui ont faim, froid ou quoi que ce soit. Et il ne se les ai pas accaparées. Il ne nous a pas appelées pour aller veiller sur *elles*. Ce qu'il a fait par le passé a été de contacter les autorités ou donner à la personne la carte de visite d'un refuge ou quelque chose dans ce genre. Alors ne pense pas que c'est ça. Il t'a vue *toi*. Être en mesure de t'aider est simplement un bonus.

Summer l'avait crue.

Elles avaient prévu de garder contact. Alabama, qui était assurément la plus discrète de la bande, s'était plainte du fait que Summer n'avait pas de portable. Elle aurait voulu être capable de lui envoyer des textos et de communiquer de cette manière-là. Cela avait fait plaisir à Summer, mais elle avait résolument refusé quand elle avait commencé à parler de la faire passer sur un de leurs forfaits familiaux. C'était une chose de laisser Mozart dépenser de l'argent pour lui acheter de la nourriture, c'en était une autre de permettre à ses *amies* d'en dépenser pour quelque chose qu'elle trouvait aussi frivole et inutile.

Alors, elles avaient convenu de communiquer par le biais du téléphone que Summer avait dans sa chambre. Elles avaient promis de l'appeler dès leur retour à Riverton pour lui dire qu'elles étaient bien rentrées.

Summer avait pris Fiona à part pour la remercier de ses paroles sincères de la première nuit où elles avaient été là. Fiona avait fait semblant que ce n'était rien, mais Summer voyait bien que cela signifiait beaucoup pour elle.

Elle poussa un profond soupir. Elle avait les chambres à nettoyer et une autre semaine ennuyeuse devant elle. Il était étonnant de voir à quel point sa vie semblait inintéressante depuis qu'elle avait rencontré Mozart et ses amies. Elle était nerveuse à l'idée de rencontrer le reste de son équipe, mais les femmes l'avaient rassurée en disant qu'ils allaient l'adorer. Summer n'en était pas certaine, mais ce n'était pas comme si elle aurait pu y faire quoi que ce soit pour le moment. Elle avait l'esprit trop pratique. Elle devait d'abord vivre cette journée. Puis la suivante. Puis la suivante.

Summer était en train de nettoyer une des chambres tout en rêvassant à la prochaine fois où elle verrait Mozart lorsqu'elle entendit quelqu'un s'éclaircir la gorge derrière elle. Elle sursauta, sachant qu'elle avait besoin de faire davantage attention quand elle était seule dans les chambres. On n'aurait eu aucun mal à la prendre par surprise, fermer la porte et l'agresser. Elle se tourna et vit que Joseph se tenait dans l'encadrement de la porte.

— Seigneur, Joseph ! Vous m'avez fait peur. Que se passe-t-il ?

— Vous devriez faire plus attention à ce qui se passe autour de vous, Summer, lui dit-il avec une lueur étrange dans les yeux.

— Je sais, c'est précisément ce que je me disais, répondit-elle avec un rire nerveux.

C'était la première fois que Joseph la rendait nerveuse, mais son comportement était assez étrange pour qu'elle sente le duvet sur sa nuque se hérisser. Elle ne put s'empêcher de se remémorer que Fiona aussi avait trouvé Joseph « glauque ».

— Je peux vous aider ?

— Oui. Je voulais simplement vous dire que j'ai fini la chambre deux. Elle devrait être à nouveau prête à accueillir des clients. Henry voulait que je vous dise d'aller la nettoyer pour qu'elle soit dispo.

— D'accord, merci de me l'avoir dit. Je la remettrai dans mon emploi du temps et je m'en occuperai dès que j'aurai fini les autres chambres.

Quand Joseph resta planté là, Summer lui demanda :

— Y a-t-il autre chose ?

— Vous voyez quelqu'un ?

— Quoi ?

— Est-ce que vous êtes avec quelqu'un ? répéta-t-il d'un ton morne.

— Euh, pour être honnête, oui.

Summer n'allait pas s'en excuser, mais elle n'était pas certaine de savoir quoi dire d'autre. Elle espérait vraiment que Joseph ne lui demande pas de sortir avec lui. Il était bien trop vieux pour elle, et elle ne ressentait avec lui qu'une vague affinité parce qu'ils travaillaient au même motel.

— Je n'ai vu personne dans le coin. Juste ces femmes qui sont parties aujourd'hui.

— Certes, et pourtant si. D'accord ? Il est dans l'armée et pour le moment, il est en mission.

À l'instant où les mots lui sortirent de la bouche, elle aurait aimé les rattraper. Pourquoi avait-elle dit à Joseph que Mozart n'était pas là ?

— Je vois. Eh bien, ça ne doit pas être très sérieux, parce que je ne l'ai vu qu'une fois.

Comme il ne rajouta rien, Summer bégaya :

— Eh bien si !

— Hum. D'accord. Alors, vous pourriez peut-être

me présenter à votre militaire la prochaine fois qu'il viendra.

— Oui, bien sûr. Pas de problème, Joseph.

— Passez une bonne journée, Summer.

— Vous aussi.

Summer poussa un soupir de soulagement quand Joseph quitta l'encadrement de la porte et se dirigea vers le bureau, souhaitant certainement dire à Henry qu'il avait fini son travail.

Elle nettoya le reste des pièces en gardant constamment un œil sur la porte de la chambre. Elle la refermait même entièrement quand elle nettoyait les salles de bains. Elle se sentait vulnérable après son étrange conversation avec Joseph, et elle ne voulait pas que quelqu'un la surprenne à nouveau.

Summer retourna à sa chambre dès qu'elle eut fini pour la journée et elle referma et verrouilla la porte. Elle mit la chaîne après avoir poussé le verrou. Elle frissonna un peu même si elle n'avait pas vraiment froid. La journée avait été étrange et c'était entièrement à cause de Joseph. Elle ne lui avait jamais vraiment parlé avant. Henry le lui avait présenté quand il avait été engagé, mais après quoi, ils n'avaient échangé que des signes de la main et s'étaient juste dit bonjour en passant.

Qu'il souhaite soudain engager la conversation sur sa vie amoureuse était étrange. Elle repensa au week-end dernier. Alabama l'avait vu en train de les observer et avait trouvé cela bizarre. Était-il étrange ? Summer l'ignorait.

Elle se prépara une salade et engloutit un plat chauffé au micro-ondes pour le dîner. Sachant qu'elle avait besoin de prendre du poids, elle se força à manger une barre de chocolat pour le dessert. Normalement, elle adorait cette douceur au chocolat, n'ayant pas été capable de se permettre un tel petit plaisir pendant si longtemps. Mais ce soir, cela ne lui suffisait pas. Elle avait désespérément envie de parler à Mozart. De le voir. Qu'il la prenne dans ses bras et lui dise que tout allait bien se passer. Summer se pencha et prit le téléphone.

Salut, Mozart. C'est moi. J'ai fini par ne plus trouver bizarre de t'appeler tous les jours pour te laisser un message. Ça me donne l'impression d'être plus proche de toi. Je me surprends à penser à des choses que je veux te dire durant la journée et j'ai hâte de prendre le téléphone pour t'en parler. Je suis pressée que tu puisses enfin me répondre quand je te parle de ma journée. Les filles sont parties aujourd'hui. J'étais triste de les voir s'en aller. Tu avais raison. C'est bien de pouvoir parler à quelqu'un qui comprend ce que ça fait que tu sois ailleurs. Elles vivent la même chose que moi et c'est bien de pouvoir leur parler. Elles ont dit qu'elles garderaient contact. Alors je t'en remercie. J'aurais dû te croire quand tu as dit que tu savais de quoi tu parlais... et tu pourras me le rappeler quand tu reviendras. Quelque chose d'étrange s'est passé avec Joseph aujourd'hui. Mais je ne sais pas si je peux réellement en parler au téléphone. Ce n'est probablement rien, mais ça sortait juste de l'ordinaire. Il m'a demandé si je voyais quelqu'un. Ce qui est bizarre, parce qu'on ne s'était jamais vraiment parlé. Ne t'inquiète pas, bien sûr, je lui ai dit que oui. Alors il n'a pas insisté. Quoi qu'il en soit, à part ça, les choses sont pareilles ici. Je viens de manger la dernière barre de chocolat que tu m'as achetée. Il faudra que tu m'en achètes d'autres, parce que j'y suis devenue accro à cause de toi. Tu me manques, Mozart. J'espère que tu vas bien. J'ai hâte que tu sois rentré. Au revoir.

Summer reposa le combiné sur son socle sur la petite table et se blottit dans le lit sous les couvertures. Toutes les choses qu'elle voulait dire à Mozart lui couraient dans la tête. Cela ne faisait même pas une semaine qu'il était parti, mais elle espérait vraiment que cette mission soit courte. Elle se sentirait mieux s'il était en Californie au lieu de Dieu sait où. Cela ne changerait rien à leur situation, car elle serait là et lui à Riverton, mais au moins, il serait dans le pays et elle pourrait lui parler.

13

Summer grogna quand le téléphone sonna le lendemain matin. Elle roula sur le côté et vit qu'il n'était que six heures trente. Mais elle ne songea même pas à l'ignorer, parce que les seules personnes qui l'appelleraient ici étaient Mozart et ses amies… qui étaient à présent devenues les siennes aussi.

— Allô ?

Summer tenta de paraître plus éveillée qu'elle ne l'était. Elle ne savait pas pourquoi les gens essayaient de faire semblant d'être réveillés quand ils ne l'étaient pas, mais cela paraissait plus poli.

— Pardon si je vous ai réveillée, Summer. Comment allez-vous ?

— Euh… qui est-ce ?

Summer savait que ce n'était pas Mozart ; elle aurait immédiatement reconnu sa voix. Elle n'avait jamais entendu cette personne auparavant.

— Pardon, c'est Tex, répondit son interlocuteur avec un petit rire. Je crois que Mozart vous a parlé de moi.

— Oui. Qu'est-ce qui ne va pas ? Mozart va bien ?

— Mince. Oui. Il va bien. Désolé, je n'avais pas l'intention de vous faire peur. Je voulais simplement appeler et me présenter. Je sais qu'il vous a dit de m'appeler si vous aviez besoin de quoi que ce soit, mais si vous ressemblez à la plupart des femmes de ma connaissance, vous ne le ferez pas parce que vous ne me connaissez pas. Alors je vous appelle pour que vous puissiez me connaître, et vous dire que vous pouvez m'appeler si vous en avez besoin.

Ne sachant pas exactement pourquoi il lui téléphonait et avec l'esprit encore un peu embrumé, Summer répondit :

— D'accord.

Tex émit un petit rire à l'autre bout de la ligne.

— D'abord, je vais vous dire ce que je fais. Je peux extraire des informations de tout engin électronique. Que ce soit un téléphone, une caméra, un ordinateur, un lecteur de carte bancaire... n'importe quoi.

— Vous êtes un hacker ?

— Oui.

— C'est légal ? murmura Summer.

— Je ne pirate pas la base de données du FBI pour mon plaisir, Summer, si c'est ce que vous me demandez. Mais si j'ai besoin de retrouver quelqu'un ou si un des membres de mon équipe a besoin de quelque chose, je m'en occupe.

— Je ne comprends pas comment ce ne serait pas illégal.

Summer s'assit sur le lit, un peu plus éveillée à présent, et elle s'appuya contre la table de chevet. Elle voulait vraiment comprendre cet homme. Elle avait entendu le respect dans la voix de Mozart quand il lui avait parlé de Tex. Elle savait que Mozart était un véritable héros, et il n'aurait jamais soutenu quelqu'un qui n'était pas respectable.

— Laissez-moi vous donner un exemple. J'espère que cela ne vous fait rien, mais Mozart m'a un peu parlé de votre situation. Si vous m'appelez, comme vous êtes censée le faire, si vous vous retrouvez à court d'argent pour de la nourriture et que vous avez faim, il ne me faut que quelques clics, et le supermarché local vous livrera une semaine de réserves de tout ce que vous voulez manger, en à peu près cinq minutes.

— Mais c'est du vol ! l'en informa inutilement Summer, honnêtement choquée.

— Je n'ai pas dit qu'on ne payerait pas, la gronda Tex.

— Oh, répondit Summer en rougissant

— Oui, oh. Je peux m'arranger pour vous faire livrer de la nourriture à distance. Je peux la faire passer sur ma carte ou celle de Mozart, mais elle serait payée. Ce que j'essaie de vous dire, ma chère, c'est que vous n'êtes pas seule. Je peux vous obtenir tout ce que vous voulez à distance. Et je n'ai pas besoin d'enfreindre la loi pour y parvenir.

Summer poussa un soupir de soulagement.

Tex l'entendit et poursuivit :

— Mais cela ne veut pas dire que je ne *ferais pas* quelque chose d'illégal pour vous aider si vous en aviez besoin.

— Mais vous ne me connaissez même pas, le contra Summer.

— Je n'en ai pas besoin. Vous appartenez à Mozart. Cela me suffit.

Summer n'eut pas besoin de répondre quoi que ce soit. D'un côté, elle était horrifiée que Tex vienne de le dire à haute voix ; cela semblait si barbare. Mais une autre partie d'elle, celle qui avait réellement écouté ce que Caroline, Alabama et Fiona lui avaient dit sur leurs hommes, se réjouissait de faire partie de leur famille si soudée. La perspective « d'appartenir » à Mozart lui donnait des papillons dans le ventre. C'était officiel : elle était folle.

— Eh bien, je vais bien. Je n'ai besoin de rien, que ce soit légal ou illégal.

— Mais vous m'appellerez si c'est le cas ?

Comme elle ne répondit rien, Tex la gronda :

— Summer ?

— Oh, très bien. Seigneur, vous êtes comme Mozart !

— Merci.

— Ce n'était pas un compliment, dit Summer d'un ton irritable, même si elle souriait.

— Je sais. Et, Summer, la prochaine fois que vous sortirez avec les filles, essayez les Madori Sours, ils sont tout aussi bons que les Amaretto Sours.

— Quoi ? Comment savez-vous ce que j'ai bu ?

— Il y a des caméras de sécurité partout, Summer.

Elle commençait à réaliser que Tex était sérieux à propos de ce qu'il était capable de faire.

— D'accord. J'essaierai. La prochaine fois.

Elle entendit Tex rire de sa réaction.

— C'est bien. Maintenant, rendormez-vous. Il vous reste encore deux heures avant de devoir vous lever pour aller nettoyer. *Appelez-moi*, Summer, si vous avez besoin de quoi que ce soit. Je serai là quand Mozart ne pourra pas l'être.

— D'accord, Tex. Je vous remercie.

— De rien. Passez une bonne journée.

— Vous aussi. Au revoir.

— Au revoir.

Summer ne put que secouer la tête en raccrochant. Elle ne se serait jamais attendue à vivre dans le monde de Mozart, mais elle ne pouvait pas nier que cela lui plaisait. Elle aimait son attitude protectrice et celle de ses amis. Ils étaient autoritaires et aimaient donner des ordres, mais elle voyait qu'au fond, c'étaient des hommes bienveillants. Et elle se disait que des femmes telles que Caroline, Alabama et Fiona ne seraient pas avec eux s'ils étaient des connards. Cela devait bien signifier quelque chose.

Elle se blottit à nouveau sous les couvertures et ferma les paupières. Elle ferait ce que Tex lui avait ordonné parce qu'*elle* en avait envie, pas parce qu'il le lui avait demandé.

* * *

— Summer, vous pouvez venir une seconde ?

Summer se tourna et vit Henry qui se tenait à la porte du bureau, lui faisant signe de le rejoindre. Elle s'essuya les mains sur la serviette qu'elle tenait et l'étendit sur le chariot. Elle le déplaça autant sur le côté qu'elle le put, à l'écart des clients qui auraient pu passer, et elle enclencha le frein. La dernière chose qu'elle aurait voulue était qu'il se mette à rouler et renverse tout par terre. Puis elle se dépêcha de traverser le parking afin de rejoindre le bureau.

Quand elle entra, elle vit Joseph appuyé contre la réception, alors que Henry se tenait derrière. Elle se tendit immédiatement. Depuis la discussion étrange qu'elle avait eue avec Joseph quelques jours auparavant, elle s'était sentie crispée et nerveuse en sa présence. Ils ne s'étaient pas parlé depuis, mais elle l'avait surpris à la regarder plusieurs fois.

— Qu'y a-t-il, Henry ? dit Summer d'un ton aussi normal qu'elle le put.

— J'ai discuté avec Joseph. Il a eu une idée et on aurait besoin de votre aide.

— Très bien, je vais voir ce que je peux faire.

Joseph prit la conversation en main :

— J'ai dit à Henry qu'on pourrait probablement attirer plus de femmes si on décorait un peu plus les chambres. Après tout, ce sont les femmes qui réservent le plus souvent les chambres pour les vacances en famille. Je crois que si on changeait la couleur des murs et qu'on achetait du meilleur linge de lit, ça pourrait vraiment nous aider à améliorer le chiffre d'affaires.

Summer observa attentivement Joseph. Les mots qui étaient sortis de sa bouche semblaient tellement en contradiction avec son apparence. Il avait probablement soixante-cinq ans et ses cheveux gris étaient longs et filandreux. Il n'était ni maigre ni gros. Pour un homme de son âge, il était même plutôt en forme. Mais il y avait quelque chose chez lui, à présent que Summer y faisait attention, qui était tout simplement étrange. Joseph parlait de linge de lit et de tableaux... cela ne collait pas avec les intérêts qu'elle s'imaginait pour un homme à tout faire.

Elle répondit prudemment :

— D'accord, ça a l'air très bien. C'est ce que vous vouliez ? Mon approbation et mon opinion.

— En fait, on a besoin de vous pour davantage, lui dit Henry. J'ai besoin que vous alliez en ville avec Joseph pour acheter quelques petites choses. Je ne sais pas ce qu'aiment les femmes, mais vous le savez, puisque vous en êtes une. Vous pouvez y aller cet après-midi et acheter quelques décorations pour certaines chambres. On mettra tout en place et on prendra des photos qu'on mettra sur le site demain.

Summer resta parfaitement immobile. Henry ne lui avait jamais demandé une telle chose. Elle ne savait pas pourquoi il était soudain tellement intéressé par son opinion en tant que femme. Pour essayer d'esquiver, elle dit :

— Euh, je n'ai pas encore fini de nettoyer les chambres.

— Pas de problème. Nous n'avons pas de clients ce soir, alors ça peut attendre jusqu'à demain.

Mince. Son excuse avait foiré. Joseph n'avait rien ajouté ; il se tenait simplement près du comptoir, les jambes croisées aux chevilles, la regardant en souriant. D'ailleurs, cela ressemblait davantage à un rictus narquois. Summer ne savait absolument pas quoi dire pour s'en sortir ; elle n'avait jamais été très douée pour l'improvisation. Généralement, elle trouvait une bonne réplique deux jours trop tard.

— Euh, d'accord.

— Super. Voilà les clés de ma voiture. Joseph, allez la chercher. Summer, vous allez retrouver Joseph devant l'entrée.

— Il faut d'abord que je passe un coup de fil, lança-t-elle.

Elle ne parvenait pas à se sortir les paroles de Tex

de la tête. Il allait garder un œil sur elle. S'il avait pu voir ce qu'elle avait bu quand elle était sortie avec les autres compagnes des agents des forces spéciales, il pourrait peut-être garder un œil sur elle pendant qu'elle faisait les courses avec Joseph. Summer ne savait pas si c'était possible, mais Tex lui avait bel et bien ordonné de l'appeler si elle avait besoin de quoi que ce soit.

— D'accord, mais dépêchez-vous. On perd du temps.

Henry tenait vraiment à redécorer, et manifestement, il voulait que cela soit fait sans attendre.

Summer ouvrit la porte du bureau et se dirigea immédiatement vers sa chambre. Elle tira la carte magnétique de sa poche arrière et une fois entrée, elle verrouilla la porte derrière elle. Elle alla droit au téléphone et prit le morceau de papier avec les numéros de téléphone que Mozart lui avait laissés au bout de la table afin qu'elle puisse le lire. Elle l'avait gardé sous le téléphone pour pouvoir le consulter facilement.

Elle composa le numéro de Tex et l'entendit sonner. Quand la messagerie s'enclencha, elle poussa un juron à mi-voix. Mince. Allez, il fallait qu'il réponde ! Elle raccrocha et recomposa le numéro. Quand la messagerie s'enclencha à nouveau, elle soupira. Elle n'avait pas d'autre choix que de laisser un message.

. . .

Salut, Tex. C'est Summer. Je ne sais pas vraiment pourquoi j'appelle, à part que j'ai besoin d'un conseil... ou de quelque chose dans ce genre. On m'a demandé d'aller en ville avec le mec que Henry a embauché comme homme à tout faire pour le motel. Il s'appelle Joseph. Normalement, cela ne m'aurait rien fait, mais il s'est comporté... bizarrement... dernièrement. Rien de bien méchant et je suis sûre que ce n'est pas grave, mais puisque je n'ai pas de voiture ou de véhicule, il faut que j'aille avec lui. J'ai pensé que vous pourriez peut-être... zut, je ne sais pas. Garder un œil sur nous ? Vous avez dit qu'il y avait des caméras et que vous saviez ce que j'avais bu ce soir-là... oh, Seigneur. Je dois avoir l'air folle. Quoi qu'il en soit, il faut que je parte. Il m'attend. Je vous appellerai quand je rentrerai plus tard et vous pourrez rire de ma paranoïa. Au revoir.

Summer raccrocha, inspira profondément et se dirigea vers la porte. Elle la referma derrière elle avec précaution, s'assurant que le verrou s'enclenche, et elle vit Joseph qui l'attendait dans la vieille voiture d'Henry. Elle lui sourit nerveusement en ouvrant la portière, puis la referma derrière elle. Elle jeta un œil en arrière quand ils sortirent du parking. Le *Big Bear Lake Cabins Motel* était certes délabré et tristounet, mais il occupait une place toute particulière dans son cœur, puisque c'était l'endroit où elle avait rencontré Mozart. Elle ferait tout ce qu'elle pourrait pour l'améliorer.

14

Tex revint à son appartement après une courte balade. Il était tellement près de trouver Ben Hurst qu'il pouvait presque toucher la victoire du bout des doigts. Il avait simplement besoin d'une petite pause avant de se remettre à son ordinateur. Il voulait retrouver ce connard pour Mozart, et aussi pour ne plus qu'il soit en liberté. Cet homme représentait une menace et il avait eu énormément de chance dans sa vie. Il avait apparemment pris l'habitude d'agresser des femmes et des enfants. Avery Reed n'était pas sa première victime et n'avait certainement pas été sa dernière. Il y avait quelque chose de manifestement détraqué dans la tête de cet homme. Il ne ressentait aucun remords pour ce qu'il avait fait et ce qu'il avait continué de faire. Les brefs séjours de Hurst en prison n'avaient eu aucun effet sur son comportement.

Tex avait remonté sa piste jusqu'à la zone de Big

Bear Lake quelques mois auparavant, et c'est la raison pour laquelle Mozart s'y était rendu. Tex sourit. Il aimait bien avoir un avantage sur un autre soldat d'élite. Il pourrait maintenant clamer haut et fort durant le reste de sa vie que c'était lui qui avait pratiquement présenté Mozart à Summer.

Tex s'installa sur son siège et fit bouger sa souris. Son écran d'ordinateur reprit vie et il fut content de voir sa fenêtre de chat clignoter. Il cliqua dessus impatiemment et vit un mot de Mel. Souriant en lisant son commentaire, il répondit rapidement. Il aimait lui parler. Elle était intelligente et rigolote. C'était étrange, parce qu'il ne savait pas à quoi elle ressemblait ni même où elle se trouvait, mais elle l'amusait et lui permettait de se déconnecter de tout ce qui se passait d'autre dans sa vie.

Trente minutes plus tard, il interrompit sa discussion avec Mel à contrecœur. Il avait du travail à faire. Il voulait coffrer Hurst et avait besoin de trouver où se cachait ce bâtard. Il cliqua sur l'icône pour ouvrir une nouvelle fenêtre de navigation et du coin de l'œil, il vit la lumière rouge qui clignotait sur son téléphone portable. Quand avait-il manqué un appel? Il se remémora soudain qu'il n'avait pas pris le téléphone avec lui quand il était parti en balade plus tôt.

Il écouta le message de Summer et entendit ce qu'elle n'avait pas exprimé. Il était évident que cette situation la mettait mal à l'aise, mais elle ne savait pas comment en sortir. Si elle n'avait pas été gênée, elle ne l'aurait pas appelé. Bon sang. Si Tex avait été capable de lui parler, il lui aurait bien fait comprendre de ne pas monter dans la voiture avec Joseph. Il avait appris à écouter son instinct, et il avait très souvent raison.

Tex regarda l'heure du message. Cela faisait plus d'une demi-heure que Summer l'avait appelé. Mince. Déterminé, il se tourna vers son ordinateur portable et se connecta rapidement aux caméras de sécurité dont il s'était servi pour suivre la trace de Summer et des autres femmes lors de leur sortie. Il rembobina les enregistrements d'environ trente-cinq minutes et les regarda tous anxieusement. Il ne vit Summer sur aucun d'entre eux.

Bon sang ! Il vérifia rapidement toutes les autres caméras qu'il fut en mesure de pirater, sans résultat. Summer et le mystérieux Joseph n'étaient jamais arrivés en ville.

Il vérifia les scanners de la police locale. Il n'y avait pas eu d'accident de la route au cours de la dernière demi-heure. Il ne savait pas où Summer avait disparu, mais il avait la sensation que le mystérieux Joseph se révélerait être celui qu'il avait passé les dernières années à traquer. Il ne savait pas comment il le sentait, mais plus le temps passait sans nouvelles de Summer, plus il était certain d'avoir raison. Ben Hurst avait à nouveau frappé, et Tex ne savait pas comment Mozart allait réagir quand il apprendrait que l'homme qui avait tué sa petite sœur toutes ces années en arrière avait à présent enlevé sa compagne.

* * *

Summer cligna lentement des paupières. Merde. Elle sut immédiatement qu'elle était dans le pétrin. Au moment où ils avaient pris le premier tournant en partant du motel, Joseph l'avait frappée au visage assez fort pour l'assommer. Sa tête avait heurté la vitre de la portière et elle avait vu trente-six chandelles. Quand elle avait enfin repris ses esprits et essayé d'ouvrir la porte pour sortir, Joseph l'avait déjà immobilisée. Il s'était arrêté sur le bas-côté afin de lui menotter les poignets derrière le dos, lui fourrer un morceau de tissu dans la bouche et lui enrouler un bâillon autour de la tête. Summer ne pouvait ni bouger ni parler. Quand elle se tourna sur le côté et frappa Joseph dans les côtes aussi fort qu'elle le put, il la cogna à nouveau, cette fois assez fort pour lui faire perdre connaissance.

Et maintenant, elle n'avait aucune idée de l'endroit où elle se trouvait, mais elle savait qu'elle n'était pas en sécurité. Elle ravala un sanglot. Avec le bâillon toujours en place, elle ne pouvait pas se mettre à pleurer. Elle avait déjà suffisamment de mal à respirer. Pourquoi n'avait-elle pas écouté son instinct ? Elle avait appelé Tex parce qu'elle *savait* que Joseph était dangereux, mais elle n'avait pas eu le cran de dire non. Elle gémit. Reverrait-elle Mozart ? Reverrait-elle *d'autres personnes* un jour ?

* * *

Tex tapait frénétiquement sur son clavier. Merde. Merde. Merde. Il devait faire revenir Mozart et le reste de l'équipe. Il secoua la tête. Il avait bien trop souvent fait revenir les forces spéciales aux États-Unis alors qu'ils étaient en mission. Leurs femmes jouaient d'une malchance incroyable. Mais Tex ne doutait plus à présent que ce Joseph soit bel et bien Hurst. Il avait appelé Henry au motel et l'avait bombardé de questions à propos de l'homme à tout faire qu'il avait engagé.

Henry ne connaissait pas grand-chose sur ce type. Il ne savait pas où il vivait ni même quel était son nom de famille. Il avait eu besoin de quelqu'un pour effectuer des travaux manuels au motel, et Joseph avait été le seul à s'être présenté. Henry le payait en liquide et il avait été satisfait du travail qu'il avait fourni.

Tex raccrocha, dégoûté. Bon sang. Et maintenant ? Il avait besoin d'hommes sur le terrain. C'était manifestement la seule fois où bosser sur un ordinateur depuis la Virginie n'allait pas suffire. Il devait faire rentrer Mozart. Sans attendre.

* * *

— Je t'ai attendue, Summer.

Celle-ci fusilla du regard Joseph à travers la pièce. Elle se trouvait dans une sorte de chalet qui aurait pu se trouver n'importe où dans les montagnes qui entouraient le lac. Elle essaya de ne pas y penser et tenta

192

plutôt de trouver comment elle allait se sortir de cette situation.

— Je ne vous connais même pas, Joseph. Pourquoi m'attendriez-vous ?

Summer avait essayé de garder un ton neutre, mais elle entendait le tremblement dans sa voix. Joseph lui avait retiré son bâillon et lui avait donné un peu de nourriture ainsi que de l'eau. Au début, elle avait rechigné à avaler quoi que ce soit, puis après que Joseph en eut mangé un peu pour lui montrer que ce n'était pas empoisonné, elle avait cédé. Elle savait qu'elle aurait besoin de conserver ses forces si elle voulait s'en sortir.

— Tu ne sais absolument pas qui je suis, n'est-ce pas ?

— Vous êtes Joseph ?

Il partit d'un rire diabolique.

— Je vois que ton copain ne t'a pas vraiment dit grand-chose, hein ? Vous n'avez pas passé de temps à discuter... Je me demande à quoi vous avez passé votre temps ensemble ! lui dit-il avec un rictus moqueur. Je m'appelle Benjamin Hurst.

Comme Summer ne montrait pas la moindre réaction, il élabora :

— J'ai enlevé, violé et tué Avery Reed il y a de nombreuses années. Au cas où *ce* nom ne te dit rien, je vais t'expliquer : je suis l'homme que ton copain traque depuis qu'il est adolescent. Je trouve cela ironique qu'il soit venu ici pour me retrouver, mais qu'au lieu de ça, il m'ait mené directement à ta porte. S'il n'était pas revenu, j'aurais gagné un peu d'argent en travaillant pour Henry puis j'aurais quitté la ville dès que la neige aurait fondu. À la place, je l'ai vu avec toi. Je n'ai pas pu résister.

— Vous avez tué sa sœur ?

— Oh, oui, mais pas avant de l'avoir violée et torturée. Rien ne peut surpasser les cris d'une enfant, mais hélas, il n'y a pas beaucoup d'enfants par ici ; alors tu feras l'affaire. Et pour être clair, tu vas crier, Summer. J'ai l'intention de te violer et de te torturer aussi avant de te tuer. J'ai fait de gros progrès depuis la petite Avery. Je sais précisément jusqu'où aller avant de m'interrompre. Je ne voudrais pas que tu meures avant que je ne sois prêt.

Summer essaya de toutes ses forces de ne rien laisser paraître. Bon sang. Elle ne parvenait pas à penser, elle ne savait pas quoi dire. Elle garda la bouche fermée et se contenta de regarder ce Joseph... ce Ben s'avancer vers elle, le bâillon redouté à la main. Elle essaya de contenir un mouvement de recul, mais ne put s'en empêcher. Elle avait tellement peur.

— Mais d'abord, j'ai besoin de sortir. Je ne peux pas risquer que tu cries tellement fort que quelqu'un puisse t'entendre, n'est-ce pas ? Quoique, personne ne pourrait le faire. On est tellement au fond des bois qu'il faudrait un miracle pour qu'on te retrouve.

Avant qu'il ne puisse remettre le bâillon en place, Summer cracha :

— Mozart va vous retrouver et vous tuer. Vous pouvez bien me torturer et même finir par me tuer, mais Mozart va vous trouver. Et quand il le fera, vous préférerez être mort. Vous allez regretter de m'avoir kidnappée quand la dernière chose que vous verrez sera le visage de Mozart avant qu'il ne vous tue.

Ben lui attrapa la mâchoire et la serra si fort que Summer ne put retenir le gémissement pitoyable qui s'échappa de ses lèvres. Sa bouche s'ouvrit involontairement et Ben y fourra à nouveau le chiffon sale. Il enroula rapidement le morceau de drap autour de sa tête afin que le bâillon reste en place. Quand il fut attaché derrière elle, il se pencha et murmura :

— J'ai hâte de le voir, pour lui montrer ce qu'il reste de ton corps battu et meurtri. Pour le voir se briser. Je sais qu'il est un tueur juste comme moi. Je veux le voir perdre le contrôle et tuer par simple colère. Il est tout comme moi ; il a simplement besoin qu'on lui montre comment. Qu'on lui montre à quel point c'est cathartique de prendre la vie de quelqu'un d'autre.

Summer frissonna. Cet homme était fou. Elle baissa la tête. On ne pouvait pas raisonner avec lui. Elle était déjà morte.

15

Dans l'avion militaire, Mozart serrait de toutes ses forces les accoudoirs de son siège. Ils se préparaient à rentrer à la maison lorsque Wolf avait reçu un message sur leur téléphone par satellite d'urgence. La ligne n'était utilisée qu'en cas d'extrême urgence à la maison. Mozart et les autres avaient attendu avec anxiété qu'il leur dise quel était le problème. Abe et Cookie espéraient vraiment que cela n'avait rien à voir avec leurs femmes. Mozart n'était pas trop inquiet pour lui-même ; Summer était à Big Bear et travaillait au motel. Mais il s'inquiétait pour ses amis.

Quand Wolf était revenu vers eux et lui avait dit franchement que Summer avait disparu, Mozart n'avait pas immédiatement compris ce qu'il venait de lui dire.

— Tu m'as entendu, Mozart ? avait demandé Wolf doucement.

— Qu'est-ce que tu veux dire par disparu ? Quel était le message ?

Mozart se disait simplement qu'elle avait peut-être décidé qu'elle ne voulait plus être avec lui et était simplement partie.

— Tex a parlé au commandant. Summer l'avait appelé. L'homme à tout faire de l'hôtel où elle travaille est Hurst. Il l'a enlevée, Mozart.

Wolf était allé droit au but.

Avant que Mozart ne puisse lui sauter dessus et lui casser la figure pour lui mentir de la sorte, Dude et Cookie lui avaient attrapé les bras.

— Non ! Pas Summer ! Ça ne peut pas être vrai ! Dis-moi que ce n'est pas vrai !

— Je suis désolé, Mozart. On rentre à la maison tout de suite. Il ne va absolument pas s'en sortir.

Mozart serra les dents. Joseph était Hurst ? Savait-il que Summer était à lui ? L'avait-il vu quand il était au motel ? S'en était-il pris à Summer à cause de lui ? Au fond de lui, Mozart connaissait la vérité. Oui. C'était à cause de lui que Summer avait été enlevée. Il la récupérerait. À n'importe quel prix. Quelque part, il savait que Hurst attendait qu'il se présente. Il voulait l'affronter. Il voulait lui rappeler Avery. Mozart était prêt. Summer était tout ce qui comptait pour lui.

Summer resta immobile tout en regardant Ben porter

quelqu'un sur son épaule vers la petite cabane. Il laissa retomber une femme frêle comme si elle n'était rien qu'un sac de patates. Le bruit sourd que fit son corps en tombant fit grimacer Summer.

Ben se tourna vers elle.

— Regardez ce que j'ai trouvé !

Il semblait ravi.

— Un autre jouet ! Je crois que je vais jouer avec celle-là d'abord avant de commencer par toi. Je veux que tu regardes et que tu saches ce qui t'attend. Je veux que tu y penses, que tu voies d'abord comment ça se passe avec quelqu'un d'autre.

Ben s'agenouilla devant Summer.

— Tout ce que je vais lui faire, je te le ferai à toi. Chaque cri qu'elle poussera, sache que tu pousseras le même. L'anticipation est la meilleure partie.

Summer frissonna. Elle ne reconnaissait pas la femme allongée au sol, inconsciente, mais elle voyait le sang qui sortait d'une plaie sur sa tempe. Elle ferma les yeux, ne voulant pas voir.

Un coup sur le côté de sa tête lui fit rouvrir brusquement les paupières.

— Garde les yeux ouverts, salope, siffla Ben. Si tu les fermes, je lui ferai encore plus mal. Souviens-t'en.

Summer hocha la tête, sachant parfaitement que ce n'étaient pas des menaces en l'air.

— Je vais attendre qu'elle reprenne connaissance, puis on va commencer.

Summer laissa une larme couler avant de retenir

les autres. Elle ne pleurerait pas davantage pour lui. Il les appréciait trop. Il faudrait simplement qu'elle tienne bon. Elle avait appelé Tex. Mozart viendrait. C'était obligé.

* * *

Dès qu'ils atterrirent, Mozart alluma son téléphone. Il avait besoin de voir si Summer l'avait appelé. C'était peut-être un malentendu. Il avait huit messages. Il les écouta l'un après l'autre. Les larmes lui montèrent aux yeux. La dernière fois qu'il avait pleuré était à l'enterrement d'Avery, mais écouter Summer lui raconter joyeusement sa journée et lui dire qu'il lui manquait à la fin de chaque message le faisait mourir un peu à l'intérieur.

Et si je remplis ta boîte et que quelqu'un d'important a besoin de t'en laisser un ?

Bon sang. Summer ne savait-elle pas qu'*elle* était quelqu'un d'important ? Qu'il n'y avait personne d'autre dont il aurait plus aimé avoir des nouvelles ?

Joseph a commencé à bien moderniser les chambres... Il nous a vraiment beaucoup aidés.

· · ·

Cela déchirait Mozart d'entendre Summer parler si gentiment de Hurst, alors qu'elle n'avait aucune idée de qui il était, de *ce* qu'il était.

Elles me plaisent. J'aime bien tes amies. Je suis tellement contente que tu aies des amies qui veillent sur toi. Et juste pour que tu le saches, tu me plais. Je peux supporter ce que tu fais. Je peux tolérer ton travail. Si tu as vraiment envie d'être avec moi, je suis là.

L'entendre dire qu'elle aimait Fiona, Alabama et Caroline fit plaisir à Mozart. Il savait que Summer les aurait bien aimées. L'entendre dire qu'il lui plaisait et qu'elle était capable d'accepter son travail lui aurait donné l'impression de pouvoir déplacer des montagnes si elle ne s'était pas actuellement trouvée entre les mains d'un fou.

Fiona a trouvé Joseph glauque, mais j'ai essayé de lui dire que ce n'était pas vrai, qu'il était juste un solitaire, comme moi. Mais je ne le suis plus. Je t'ai.

Alabama avait vu qu'il n'était pas digne de confiance. Elle savait. Pourquoi diable Summer ne l'avait-elle pas compris ?

. . .

Quelque chose d'étrange s'est passé avec Joseph aujourd'hui... Il m'a demandé si je voyais quelqu'un.

Mozart ferma les yeux. Hurst savait. Il *savait* que Summer était à lui. Mozart l'avait pressenti, mais entendre Summer le confirmer lui déchirait le cœur. Il serra les poings. Il fallait qu'il y arrive à temps. Il le fallait. Il sauvegarda tous les messages de Summer afin de pouvoir les réécouter plus tard. Il voulait les réécouter quand Summer serait en sécurité dans ses bras. Il voulait les chérir. Une petite voix dans sa tête essaya de lui dire que la raison pour laquelle il les gardait était parce que si Summer mourait, il voulait conserver une parcelle d'elle, mais il refusa de l'écouter. Ils arriveraient à temps. Hurst voulait qu'il vienne, il en était convaincu. Hurst ne tuerait pas Summer avant que Mozart ne soit arrivé à Big Bear.

* * *

Summer garda les yeux ouverts pendant que Ben torturait la pauvre femme étendue sur le sol devant elle. Celle-ci était bâillonnée, comme Summer. Il lui avait lié les mains et les avait attachées à un poteau au centre du chalet. Ses chevilles étaient retenues avec un morceau de corde qu'il avait connecté à un crochet planté dans le mur de l'autre côté de la pièce. Elle était impuissante, étirée sur le sol froid et dur, vulnérable et ouverte à tout ce que Ben avait l'intention de lui faire. Pire encore, Ben avait également découpé tous ses vêtements et la pauvre femme gémissante se retrouvait nue sur le plancher. Il avait commencé sa torture en lui plaquant une main sur la bouche et le nez tout en l'étranglant de l'autre.

Il rit quand elle devint bleue, puis il lui lâcha le cou et le visage à la dernière minute, la laissant inhaler le précieux oxygène afin qu'elle reste consciente. Quand il ne l'étranglait pas, il la giflait et la frappait. Summer voyait les bleus qui recouvraient le corps de la femme à cause des coups qu'elle avait reçus. Et pendant que Ben torturait cette pauvre femme, il regardait Summer.

— Regarde, regarde, ma douce Summer. Regarde ce que je fais. Tu la vois essayer de reprendre son souffle ? Ce sera toi. Je te ferai saigner tout comme elle. Ta peau bleuira encore mieux que la sienne. Tu auras mes marques partout sur toi. Au début, tu me prieras de te laisser vivre, comme elle l'a fait. Puis tu finiras par me prier de te tuer. Tu vas mourir, oui. Comme elle. Lentement et dans la douleur. Comme j'aime...

Ben baissa les yeux pour la première fois vers la femme allongée sous lui. Il se pencha vers elle et lui murmura quelque chose à l'oreille. Summer n'entendit pas ce qu'il lui dit, mais elle vit la femme secouer la tête et articuler le mot « non ». Hurst se contenta de rire et se redressa du corps inanimé à terre. Ce qu'il avait dit semblait avoir brisé la femme et elle avait perdu l'envie de résister.

Ben ne regarda même pas la femme qui saignait et happait l'air. Il se dirigea vers Summer et se pencha vers elle. Ses mains étaient couvertes du sang de cette femme et il avait une lueur folle dans les yeux. Il s'approcha bien trop près pour que Summer se sente à l'aise. Ben lui prit le visage entre ses mains, répandant le sang de sa victime sur ses joues. Il se pencha, et Summer put le sentir. Son odeur était atroce. Il avait sué et manifestement, il n'avait pas pris de douche depuis au moins plusieurs jours. Il lécha le côté du cou de Summer, et rit quand elle trembla et tira sur ses liens.

Il porta les lèvres à l'oreille de Summer, murmurant intimement comme s'ils étaient amants :

— Je lui ai dit que tu aimais regarder. Que ça t'excitait. Je lui ai dit que c'est *toi* qui voulais que je lui fasse du mal.

Summer fusilla Ben du regard. Elle était horrifiée par ses paroles ; la torture mentale qu'il faisait subir à l'autre femme était tout aussi brutale que les abus physiques. Malgré tout, elle essaya de ne pas réagir à ses propos. Elle savait que c'était ce qu'il désirait, et elle lui résisterait de toutes ses forces.

Ben fut visiblement irrité par le manque de réaction de Summer. Il défit son pantalon et en tira son pénis ridé et mou, se mettant à se branler jusqu'à ce qu'il ait une demi-érection. Summer détourna les yeux, dégoûtée. Alors que Ben faisait courir sa main de haut en bas sur sa virilité, il murmurait ce qu'il lui ferait quand son tour serait venu. Quand il fut quasiment parvenu à l'orgasme, il bascula la tête en arrière et poussa un grognement. Il visa pour éjaculer sur Summer et il l'éclaboussa. Son sperme atterrit sur les genoux de la jeune femme et glissa le long de ses jambes détachées.

Il releva la tête et rit de son air dégoûté. Il porta la main à ses genoux et pendant une seconde, Summer fut perdue, pensant qu'il avait l'intention de la nettoyer. Mais il prit alors violemment sa joue avec la main qu'il venait de frotter sur le sperme qu'elle avait sur les jambes. Il le lui étala sur le visage et passa même la main dans ses cheveux. L'odeur et la sensation d'humidité donnèrent envie de vomir à Summer. Ben ramena la main vers son visage et lui pressa les joues jusqu'à ce qu'elle ne puisse pas s'empêcher de grimacer de douleur.

— Oh, Summer. Quand apprendras-tu que je gagne toujours ?

Ben se tourna et partit, ignorant les gémissements pitoyables de la femme bâillonnée et attachée sur le sol froid. Summer attendit qu'il quitte la pièce avant de fermer les yeux et de laisser le désespoir la submerger.

À la base, Mozart était debout, tournant le dos à ses

amis alors que la voix de Tex sortait du haut-parleur et leur racontait tout ce qu'il avait glané au cours de la journée et demie qui venait de s'écouler. Frustré et furieux, il serra les dents. Il voulait monter à Big Bear Lake pour aller chercher Summer. Il avait *besoin* d'être là-haut. Mais il devait attendre de voir ce que Tex avait découvert. Ils avaient besoin de ces informations.

— Apparemment, Hurst passe ses étés dans des bois différents. Durant l'hiver, il s'implante dans des petites villes. Il trouve des petits boulots de bricolage ici et là. À chaque endroit où je l'ai retrouvé, il a laissé des cadavres dans son sillage. Des enfants, des adolescentes, des vieilles femmes ; peu importe. À part pour le sexe féminin, il ne semble pas avoir de type de victimes. Mais à chaque fois, le corps a été torturé et violé.

— Les *personnes*, gronda soudain Mozart qui se trouvait près du mur. Chacune des *personnes* a été torturée et violée.

Il ne s'était pas retourné et n'avait même pas parlé très fort, mais tous les occupants de la pièce l'avaient entendu.

— Pardon, Mozart. Oui. Toutes les personnes retrouvées ont été torturées avant d'être tuées. Il semblerait qu'il ait choisi Big Bear Lake pour y passer l'hiver. On avait raison ; il était là et apparemment, il était au courant pour toi. Il n'a montré aucun intérêt pour Summer avant que tu n'y ailles la seconde fois. Alors, il l'a prise pour cible.

Ignorant la douleur qui coursa dans son corps en entendant les paroles de Tex, Mozart demanda :

— Où l'a-t-il emmenée ?

— Je ne sais pas.

Perdant son calme pour la première fois depuis qu'il avait appris que Summer avait été enlevée, Mozart se tourna et s'écria :

— Où diable est-elle, bon sang ? Il est en train de la torturer, putain. Je le sais. Elle a besoin de moi et je ne suis pas là ! Je ne suis pas là !!!

— On va la retrouver, Mozart, dit Wolf à voix basse.

— Quand ? Quand il l'aura violée à plusieurs reprises et qu'il lui aura arraché les yeux ? Quand elle ne sera plus que l'ombre de la femme que j'ai laissée ? Quand, Wolf ? *Quand* la retrouverons-nous ? Je croyais que Tex pouvait retrouver n'importe qui !

— J'en suis capable, Mozart, quand ils utilisent de la technologie moderne, répondit Tex calmement, sa voix résonnant étrangement dans le petit haut-parleur du téléphone. Hurst n'utilise pas la *moindre* technologie. Il est complètement hors réseau. Pas de téléphone, de factures d'électricité, de carte de crédit. Il habite quelque part dans les bois. S'il détient ta compagne, c'est au milieu de nulle part. Il fait trop froid pour qu'il l'ait attachée à un arbre, mais il doit la détenir dans un chalet ou quelque chose de ce genre.

— Il faut qu'on y aille, Wolf, dit Mozart à son ami d'une voix rauque, ne se préoccupant pas de l'image qu'il renvoyait. Summer a besoin de moi. Tout de suite. Pas dans une heure, pas demain. Tout de suite.

— On est en train de préparer l'hélicoptère, Mozart. On partira dès qu'il sera prêt.

Mozart hocha la tête.

La pièce resta silencieuse un instant, puis Tex reprit la parole d'un ton excité :

— Putain de merde ! Attendez. Je suis en train d'intercepter un communiqué de la police locale à propos d'une autre femme disparue. Elizabeth Parkins, vingt-deux ans. Quelqu'un l'a vue se faire kidnapper juste devant le supermarché du coin. Attendez… Oui, très bien, j'ai la vidéo qui a été donnée à la police. Et oui, c'est bien Hurst. Laissez-moi vérifier quelque chose…

Tous les hommes dans la pièce retinrent leur souffle. Ils entendaient le claquement des touches alors que Tex tapait frénétiquement sur son clavier.

— Ouais ! Alors, Elizabeth avait son portable avec elle et il s'est éteint voilà trois heures. Des relais de transmission l'ont capté alors qu'il a voyagé le long de l'autoroute 38, puis le long de Polique Canyon Road jusqu'à Bertha Peak. Le signal a été perdu à dix kilomètres hors de la route. Il a forcément dû emmener Elizabeth dans sa cachette. Et s'il détient Elizabeth, il y a de grandes chances qu'on y retrouve Summer aussi.

L'excitation de Tex ne se communiqua pas au reste de l'équipe des forces spéciales. Ils savaient tous que si Hurst avait enlevé une autre femme aussi vite après avoir kidnappé Summer, c'était parce qu'il l'avait déjà tuée, ou parce qu'il préparait une autre chose horrible.

— L'hélicoptère est là, dit doucement Benny, rompant le silence.

— Tex, garde le contact ; communique-moi le plus vite possible les informations que tu obtiendras, lui ordonna Wolf alors que l'équipe commençait à sortir de la pièce pour se rendre vers l'hélicoptère qui les attendait.

Mozart ouvrit la marche ; ils savaient tous que si cela avait pu accélérer les procédures de départ, il serait parti en courant.

— Sauve-la, Wolf, murmura Tex, ayant manifestement attendu que les autres aient quitté la pièce.

— On en a bien l'intention, Tex, lui répondit Wolf tout aussi doucement.

Il raccrocha et suivit son équipe à l'extérieur. Ils devaient aller retrouver et secourir l'une d'entre eux.

16

Summer ne parvint pas à retenir ses larmes. Elle avait courageusement fait front pendant aussi longtemps que possible, mais à présent, elle était morte de terreur. Elle grogna et se contorsionna à l'intérieur des menottes. Elles étaient déjà très serrées, mais alors qu'elle se débattait, elles lui mordirent la peau encore davantage. Du sang coula sur ses mains, dégoulinant à terre devant elle, mais Summer ne sentit plus la douleur. Voir Ben faire du mal à la femme qui se tenait devant elle avait fini par la briser.

— Hum, je... prie... vous... *plaît*.

Le bâillon fourré dans sa bouche empêchait Summer d'articuler ce qu'elle voulait dire, mais il était évident que Ben comprit ses marmonnements.

Il rit et plaqua à nouveau la cigarette allumée sur la poitrine de la pauvre femme. Elle s'était évanouie quelques minutes auparavant, mais Ben ne s'était pas arrêté. Il continua de lui brûler la chair, ne s'interrompant que pour la rallumer et tirer une bouffée à chaque fois qu'elle s'éteignait contre la peau de la femme infortunée. Ben regarda Summer dans les yeux alors qu'il continuait de faire du mal à la pauvre femme étendue à terre, inanimée.

— Oui, c'est ce que je veux voir. *Implore*-moi d'arrêter, salope.

Summer le regarda, horrifiée. Il bandait tout en torturant cette pauvre femme. Ce qu'il faisait l'excitait. Sachant bien qu'elle agissait comme il l'avait espéré et selon ses manipulations, Summer ne put s'empêcher de gémir derrière le bâillon serré autour de son visage.

— Souviens-toi, ça va t'arriver. Tout ce que je lui fais, je te le ferai à toi aussi. Tu veux que j'arrête ? Tu veux que j'attende qu'elle reprenne connaissance ? Je peux le faire si tu veux.

Summer secoua frénétiquement la tête. Seigneur, non. Où était Mozart ? Elle avait plus besoin de lui qu'elle n'avait eu besoin de qui que ce soit auparavant.

* * *

— Tu es certain de te maîtriser ? demanda Wolf en dévisageant Mozart avec intensité.

Celui-ci hocha simplement la tête.

— Parce que sinon, tu la mets encore plus en danger.

Mozart hocha à nouveau brusquement le menton, toujours sans rien dire.

Wolf regarda simplement Mozart pendant une seconde, puis se tourna vers le reste du groupe. Ils avaient passé les trente minutes précédentes à étudier le terrain. Le chalet de Hurst était situé dans une petite clairière à environ trois kilomètres de la route de gravier la plus proche. Il y avait un véhicule motorisé garé devant la porte, manifestement le moyen de transport que Hurst utilisait pour rejoindre la route. Ils n'avaient pas encore repéré de voiture, mais ils n'en avaient pas cherché. Ils se concentraient tous sur le sauvetage de Summer et d'Elizabeth.

Le cabanon était délabré. Il était petit, à peu près 18 mètres carrés, et il présentait deux petites fenêtres, une à l'arrière et l'autre sur le côté. Il avait un petit porche à l'avant, tout tristounet et qui penchait sur le côté.

Mozart serra les mains contre lui. Rester là à écouter Wolf présenter une dernière fois le plan à l'équipe le tuait. Son cœur battait trop vite et il sentait qu'il peinait à reprendre sa respiration.

Il était entraîné pour ce genre de situation. Ils l'étaient tous, mais c'était une chose complètement différente quand c'était quelqu'un qu'il aimait qui était en danger. Mozart s'arrêta un instant, laissant cette pensée faire son chemin. Il aimait Summer. C'était précipité, certes, mais c'était vrai. Cette sensation se communiqua à son ventre et ne lui donna pas l'impression de paniquer ou de se sentir prisonnier. Il savait à présent ce que Wolf avait ressenti quand Ice avait été enlevée. C'était la pire sensation au monde. Il savait qu'il aurait dû inspirer profondément afin d'apaiser les battements de son cœur et se préparer à ce qui allait arriver, mais cela lui était physiquement impossible.

Wolf, semblant capable de lire dans ses pensées, se tourna vers lui.

— Mozart, parle-moi. Où veux-tu être ?

Appréciant que Wolf ne lui donne pas d'ordres, mais lui demande où il pensait être le plus utile, Mozart répondit simplement :

— Pars devant. Je suis juste derrière toi.

Wolf était passé par là. Il avait laissé ses coéquipiers mener la charge pour aller sauver Ice, et ils la lui avaient rendue saine et sauve. Si Wolf en avait été capable, il pourrait le faire lui aussi.

Wolf posa brièvement une main sur l'épaule de Mozart avant d'agiter la tête et de se tourner vers les autres.

— Très bien, Dude. Prends la fenêtre latérale et déploie la grenade assourdissante. Une fois tirée, Cookie entrera par la fenêtre de derrière et Benny passera par celle du côté. Mozart et moi passerons par la porte. Dude, toi et Abe resterez dehors, juste au cas où Hurst décide de prendre le large. Notre objectif principal ici est de protéger les femmes. À n'importe quel prix. C'est compris ?

Tous les hommes hochèrent solennellement la tête.

Ils avaient compris ce que Wolf n'avait pas dit. Ils étaient prêts.

— Vous savez tous que dans une seconde, ça va être le bordel. Ce chalet n'est pas assez grand pour qu'on ait tous la place d'évoluer. Alors prenez garde à vos mouvements.

Wolf s'interrompit une seconde puis ajouta :

— Quoi que vous voyiez là-dedans, ne perdez pas la tête.

— Merde, dit Mozart à mi-voix, sachant exactement ce que Wolf voulait dire.

Il ne voulait même pas envisager le fait que Summer puisse être blessée. Il savait qu'il aurait dû également se sentir mal pour l'autre femme, mais il ne pensait qu'à la sienne. Il l'avait vue essayer d'être polie alors qu'elle mourait littéralement de faim et tentait de ne pas le montrer. Il se remémora la façon dont ils avaient ri ensemble pendant qu'ils avaient nettoyé ces satanées chambres d'hôtel. Il se souvint même de ce que cela faisait de la tenir dans ses bras. Il ne savait absolument pas dans quel état il la trouverait, et cela le déchirait plus que tout.

— Mozart, il faudra que tu gardes ton calme avec Hurst. S'il est encore vivant une fois que la poussière sera retombée, tu ne dois pas faire ton justicier. Tu m'entends ?

Mozart sursauta et il accrocha le regard de son ami.

— Seigneur, Wolf, murmura-t-il, sidéré, je ne

pensais même pas à Hurst. Je ne parviens à penser qu'à Summer.

— C'est bien, lui répliqua immédiatement son leader. Je n'en étais pas certain. Tu nous fais confiance, n'est-ce pas ?

— Oui, sur ma vie et celle de Summer, répondit Mozart sans hésiter.

— On va s'occuper de Hurst. Il ne fera plus de mal à personne après aujourd'hui. Tu as ma parole.

Mozart regarda autour de lui. Tout le monde l'observait avec des yeux déterminés et attentifs. Il se détendit. Pour la première fois de sa vie, quelque chose, pas quelqu'un, était plus important que sa vendetta contre Ben Hurst. Il adressa une prière silencieuse à Avery, lui demandant pardon de faire passer Summer en premier.

Comme s'il pouvait lire dans son esprit, Abe dit :

— Avery aurait voulu que tu passes à autre chose. Peu importe quoi, mais elle aurait voulu que tu tournes la page.

Mozart hocha la tête. Son cœur ralentit enfin et il reprit le contrôle de l'adrénaline qui coursait dans son corps. Abe avait raison. Avery aurait été énervée qu'il mette sa vie en suspens. Elle lui aurait dit que Hurst ne valait pas les efforts qu'il avait faits pour lui au fil des années. Elle aurait aimé Summer.

—Allons-y.

Les hommes hochèrent la tête, et tout le monde à

part Wolf et Mozart disparut silencieusement dans les bois pour se mettre en position.

Ayant besoin de dire une dernière chose avant de passer à l'attaque, Mozart se tourna vers Wolf.

— Fais-le payer.

— Je m'en occupe, Sam, dit Wolf en utilisant le véritable prénom de Mozart pour la première fois depuis longtemps. Occupe-toi de ta femme ; on s'occupe de Hurst.

Mozart regarda son ami dans les yeux pendant une seconde, puis branla du chef. Il n'avait pas besoin d'ajouter quoi que ce soit.

Les deux hommes se tournèrent vers le chalet et attendirent. Ça allait chier.

Les yeux de Summer étaient ouverts, mais elle ne voyait rien. Elle avait éteint son cerveau pour se protéger. Ben Hurst était maléfique. Il avait torturé cette femme – dont elle avait enfin appris le nom : Elizabeth – pendant des heures. Chaque fois que Summer avait fermé les paupières, Ben l'avait frappée pour la forcer à les rouvrir. Quand elle n'était plus parvenue à les rouvrir, Ben avait pris deux morceaux d'adhésif et lui avait scotché les paupières en position ouverte. Elle ne pouvait plus fermer les yeux, mais Summer refusait d'abandonner. Même si Ben s'était arrangé pour que ses yeux restent ouverts, il ne pouvait pas la forcer à *voir* ce qu'il était en train de faire.

Ben ne savait pas que même si les yeux de Summer étaient ouverts, elle voyait Mozart. Au lieu de la longue plaie au couteau que Ben avait tailladée dans le flanc d'Elizabeth, elle revoyait la tête des garces qui avaient mal parlé de Mozart la première fois qu'elle l'avait rencontré. Elle se rappelait avoir fait courir ses mains de bas en haut sur sa poitrine, appréciant le contact du corps musclé de Mozart et voyant la jalousie sur le visage des autres femmes quand elles avaient entendu ses propos.

Au lieu de voir les mains de Ben serrer cruellement les seins d'Elizabeth jusqu'à ce qu'il s'y forme des bleus de la forme de ses doigts, Summer repensait à l'expression du visage de Mozart alors qu'il empoignait ses propres seins et lui pinçait le mamelon d'un geste érotique. L'air de pure extase et de désir sur le visage de Mozart resterait éternellement gravé dans son esprit. Elle n'aurait jamais cru provoquer cette sensation chez un homme ou le voir afficher cette expression. Le fait qu'elle l'ait fait sans même se déshabiller tenait encore plus du miracle.

Au lieu d'entendre Ben la menacer de sa torture à venir, elle entendait Mozart l'appeler « petit soleil ». Elle riait intérieurement de l'entendre dire d'un ton exaspéré : « tu es une chieuse », et songea qu'elle avait hâte de trouver d'autres moyens de provoquer son rire et son sourire.

Au lieu d'entendre Ben rabâcher qu'il s'assurerait que son cadavre ne soit jamais retrouvé une fois qu'il l'aurait enterrée au plus profond des bois, Summer se remémora la sécurité qu'elle avait ressentie dans les bras de Mozart, et la façon dont il avait insisté pour prendre le côté du lit près de la porte, juste pour pouvoir la protéger.

Et au lieu de ressentir les gifles et les coups de Ben alors qu'il essayait de la terrifier par ses menaces, Summer se remémora la sensation des bras de Mozart autour d'elle alors qu'il marchait du même pas, se tenait près d'elle et dormait à ses côtés.

Soudain, le chaos éclata dans la pièce. Puisque ses yeux étaient ouverts de force, elle ne put se protéger de l'éclair de lumière aveuglant qui remplit soudain le chalet. Le silence de la journée, les gifles, les gémisse-ments et les pleurs qu'elle avait tellement pris l'habi-tude d'entendre furent étouffés par le bruit le plus assourdissant qu'elle avait jamais entendu. Elle aurait voulu pouvoir se couvrir les oreilles des mains pour les protéger, mais elles étaient toujours fermement menot-tées derrière son dos.

Elle fut complètement aveuglée par l'éclair de lumière qui accompagna l'explosion, et le bruit sourd lui donna la nausée. Elle secoua la tête pour tenter de reprendre ses esprits. Elle ne savait pas ce qu'il se passait, mais elle voulait rester dans cet endroit dans sa tête où elle se sentait en sécurité dans les bras de Mozart.

Summer sentit des mains sur son visage, mais elle ne voyait toujours pas qui c'était ou bien ce qu'il se passait. Elle essaya de se dégager, mais elle était toujours retenue à la chaise par les menottes. Elle gémit.

Enfin, quelques mots filtrèrent à travers le bourdonnement dans ses oreilles.

— ... tiens bon... sécurité... merde... aider...

Summer essayait désespérément de reprendre ses esprits. Il fallait qu'elle sache ce qu'il se passait. Lentement, elle commença à discerner des formes au lieu de ce gris sombre qu'elle avait vu depuis cette explosion inconnue.

Ses yeux lui faisaient mal et étaient terriblement secs, et Summer savait qu'elle avait espéré que Mozart la retrouve, mais voir son visage en face d'elle était un miracle auquel elle n'était pas certaine de pouvoir croire. Elle espérait ne pas être en train d'halluciner. Summer se débattit à nouveau, oubliant un instant que ses mains étaient toujours attachées. Elle voulut se jeter dans ses bras, mais en fut incapable.

— Dieu merci, entendit-elle Mozart dire.

Summer regarda son visage se préciser de plus en plus.

— Reste avec moi, petit soleil. Je sais que tu as mal. Je sais que la grenade d'immobilisation a embrouillé tes sens. Attends quelques instants et je serai en mesure de t'aider.

Summer ne comprenait pas vraiment ce que

Mozart était en train de lui dire ; elle était trop heureuse qu'il soit là. Il la protégerait. Il ne laisserait pas Ben lui faire de mal. Soudain, elle se souvint d'Elizabeth.

— Hum... beth...

Mozart répondit comme si elle venait d'articuler à la perfection.

— Cookie s'occupe d'elle. Elle va bien.

Summer ne détourna pas les yeux de ceux de Mozart. Elle entendait vaguement du vacarme derrière lui, mais pour le moment, elle ne s'en préoccupait pas. Elle songeait seulement que Mozart était avec elle. Il était bel et bien là. Il ne laisserait plus Ben la toucher. Summer respirait profondément par le nez.

— Fin d'alerte !

À ces mots, Mozart agit rapidement. Il tira un couteau de quelque part et Summer sentit le bâillon noué autour de son visage se défaire. Elle gémit et essaya de recracher le tissu roulé en boule dans sa bouche. Mais elle était bien trop sèche pour qu'elle soit capable de se débarrasser de ce bout de tissu dégoûtant.

Mozart posa le couteau à terre et lui prit délicatement le menton entre ses doigts.

— Ne bouge pas, petit soleil. Laisse-moi t'aider.

Il mit la main entre ses lèvres craquelées et desséchées et saisit le morceau de tissu qui se trouvait dans sa bouche. Ne prenant pas la peine de le regarder, il le jeta au loin une fois qu'il fut sorti de ses lèvres. Mozart essaya de ne pas se laisser affecter par la façon dont elle tentait désespérément de reprendre son souffle. Il ne pouvait pas. Il y avait d'abord d'autres choses qu'il devait faire pour l'aider.

— Je dois retirer le scotch de tes yeux, petit soleil, murmura-t-il. Ça va te faire mal. Je suis désolé. Je suis vraiment désolé. La douleur ne durera que quelques secondes, puis tu te sentiras tellement mieux d'être capable de refermer les paupières. D'accord ? Tu comprends ?

La voyant hocher légèrement la tête, Mozart saisit le bout de scotch au-dessus de son œil droit. Il ne savait pas si Hurst savait ce qu'il faisait, mais il était parvenu à placer le scotch afin qu'il colle à ses cils, ses sourcils et même un peu à ses cheveux. Mozart n'avait pas menti. Le décoller allait être douloureux, mais cela ne pouvait pas attendre qu'elle soit à l'hôpital. Ses yeux étaient injectés de sang et dilatés. Elle était en état de choc et il fallait le faire.

Mozart ne savait pas s'il aurait mieux fait de l'arracher comme un pansement, mais il décida d'y aller doucement mais sûrement. Quand Summer ne gémit même pas lorsque le scotch lui arracha les sourcils et les cils, il sut que le choc était pire que ce qu'il avait envisagé. Voir les petits poils collés au scotch une fois qu'il l'eut décollé lui fit mal physiquement. Summer n'avait même pas poussé un geignement durant le processus. Dès que le dernier morceau de scotch fut arraché, Mozart la vit fermer les yeux et soupirer.

Mozart se redressa en disant :

— Super, petit soleil, tu te débrouilles très bien. Je vais te retirer ces menottes et on pourra sortir de là.

— Ne me touche pas.

Mozart fit un pas en arrière comme si Summer venait de le frapper physiquement. Il avait voulu l'entendre lui parler, le rassurer en lui disant qu'elle allait bien, mais il ne s'était pas attendu à ce que les premiers mots qu'elle lui adresse soient pour lui dire de s'écarter d'elle.

— Quoi ?

Le mot sortit avant que Mozart ne puisse le retenir.

— Ne me touche pas, répéta Summer.

Ignorant ce qui arrivait derrière lui, Mozart ne pensait absolument plus à Hurst. Son attention était braquée sur Summer et seulement sur elle. Qui aurait pu dire ce que Hurst lui avait fait pendant qu'ils essayaient de la retrouver ? Il n'avait eu qu'un aperçu de la jeune femme qui avait été ligotée à terre, mais si Summer avait subi ce que la jeune femme paraissait avoir enduré, il n'était pas étonnant qu'elle ne souhaite pas qu'on la touche.

— Petit soleil, il faut que je te touche pour te retirer les menottes.

Mozart la vit ouvrir légèrement les paupières. Ce qu'elle lui dit alors le déchira.

— Je ne suis pas propre. Il s'est branlé sur moi. Il a essuyé le sang de l'autre fille sur moi. Il m'a craché dessus. Il a répandu son putain de sperme sur mon visage et mes cheveux. Je ne veux pas que quelque chose de lui se retrouve sur toi.

L'estomac de Mozart se retourna. Merde. Il porta une main vers le visage de Summer et la plaça doucement sur ses yeux.

— Petit soleil, garde les yeux fermés. Je sais qu'ils te font mal. Peu m'importe ce qu'il t'a fait. Je suis là, maintenant ; je prendrai soin de toi. *Laisse*-moi prendre soin de toi.

— Je... d'accord.

La voix de Summer était tellement douce que Mozart parvint à peine à la percevoir, mais il l'avait entendue. Il lui caressa doucement une joue du revers de la main avant de se redresser, puis il tira quelques clés de menottes de sa poche. Les clés de menottes étaient généralement relativement standards et elles faisaient partie de l'équipement de base qu'ils transportaient sur eux en permanence. Elles lui avaient été très utiles par le passé quand ils s'étaient retrouvés dans des situations délicates ou bien quand ils étaient allés secourir des otages.

Mozart ouvrit rapidement les menottes et grimaça en voyant l'état des poignets de Summer. Ils étaient couverts de sang et il repéra des lacérations profondes à force d'avoir lutté contre l'enserrement du métal. Il les laissa retomber à terre et prit les mains de Summer dans les siennes. Puis il la contourna avec précaution pour ne pas la faire sursauter et s'agenouilla à nouveau devant elle.

— Je vais te prendre dans mes bras, petit soleil, te faire sortir et t'emmener loin d'ici. Je veux que tu t'accroches à moi, ne me lâche pas, et garde les yeux fermés. Le soleil brille dehors et je sais que la lumière va te faire mal aux yeux.

Il vit Summer hocher la tête avant de lui presser les mains.

— Est-ce qu'Elizabeth va s'en sortir ?

Mozart songea à lui mentir, mais il décida qu'elle méritait d'entendre la vérité.

— Je ne sais pas. Je n'ai pensé qu'à toi.

Il se pencha en avant, souleva Summer et la prit fermement dans ses bras. Elle posa immédiatement la tête sur son épaule et enroula les bras autour de son cou.

— Il ne s'appelle pas Joseph.

— Je sais.

— C'est Ben Hurst. Il dit qu'il a torturé et tué des femmes et des enfants pendant des années.

— Chut, je sais, Summer.

— Il a dit...

— Petit soleil, dit Mozart avec plus d'insistance alors qu'il les faisait sortir par la porte du petit chalet. Je *sais*.

Mozart regarda derrière lui pour la première fois. Cookie avait libéré Elizabeth et essayait de panser ses blessures. Benny et Dude contenaient Hurst. Il avait le pantalon aux chevilles et son visage était ensanglanté. Wolf se tenait au-dessus de lui, son pistolet à la main.

Wolf croisa les yeux de Mozart quand il s'arrêta à la porte.

Mozart savait ce que lui demandait Wolf, mais il ne se sentait pas capable de prendre la décision. Autrefois, il savait qu'il aurait aimé être celui qui se tenait au-dessus de Hurst, le forçant à l'implorer de l'épargner, mais il ne s'en préoccupait tout bonnement plus.

Même s'il tenait dans ses bras une Summer blessée et traumatisée, il se sentait plus léger. Il avait l'impression de s'être enfin délesté de l'angoisse et de l'amertume auxquelles il s'était raccroché depuis qu'il avait quinze ans, à cause de ce que Hurst lui avait dérobé. Étrangement, Hurst lui avait permis de rencontrer Summer, car s'il ne s'était pas caché à Big Bear, leurs chemins ne se seraient pas croisés.

Mozart voulait simplement faire sortir Summer du chalet, à l'air libre. Il fallait l'emmener dans un hôpital et il avait besoin de s'assurer qu'elle allait bien. Rien d'autre ne comptait. Pas même Hurst.

Mozart se détourna de Wolf et quitta le chalet. Il entendit Hurst lui crier quelque chose alors qu'il sortait, mais peu lui importait. Quoi que l'homme ait à lui dire, cela ne comptait plus.

Mozart vit qu'Abe se tenait à l'extérieur. Croisant son regard, il se dirigea vers lui.

— Il faut qu'on l'amène à l'hôpital.

— J'ai préparé le véhicule. Apparemment, il y a beaucoup d'essence à l'intérieur. Mais tu ne peux pas conduire et tenir Summer en même temps, et il ne peut pas contenir trois personnes. On a aussi besoin d'appeler des secours pour Elizabeth. Je vais rejoindre la voiture et contacter Tex. Il nous enverra un hélicoptère.

Mozart ne voulait pas lâcher Summer. Pas avant d'y être obligé.

— Je ne la laisserai pas.

— Bien sûr que non. Ne t'inquiète pas, Mozart. Elle a survécu jusqu'à maintenant ; elle va s'en sortir. Je m'assurerai que Tex sache que l'hélicoptère devra récupérer trois personnes.

— J'apprécie.

Il se détourna pour s'éloigner davantage du chalet et se placer à l'ombre des arbres.

Abe s'apprêtait à partir quand un coup de feu en provenance du chalet résonna derrière eux. Abe s'arrêta, se tourna et regarda Mozart. Celui-ci n'avait pas dévié de sa trajectoire et ne s'était même pas tourné. Abe secoua sombrement la tête, sachant ce que le coup signifiait : Hurst ne ferait plus jamais de mal à personne.

Enfin, il haussa les épaules ; il devait retourner aux véhicules et contacter Tex. Les deux femmes avaient un besoin urgent d'aller à l'hôpital. Ils penseraient à Hurst et à ce qui s'était passé plus tard.

17

Mozart était assis à côté du lit d'hôpital de Summer, les pieds calés au bout du matelas, et il la regardait respirer. Il regardait la poitrine de Summer se relever et descendre lentement, et il comptait ses respirations. Elle respirait à peu près seize fois par minute, ce qui était certes normal, mais encore un peu rapide.

Elle lui avait fait terriblement peur et Mozart n'avait pas honte de l'admettre. Tex avait travaillé vite et on l'avait amenée à l'hôpital public de San Bernardino, le centre de traumatologie le plus proche de Big Bear. Quelques heures plus tard, Ice, Alabama et Fiona étaient arrivées, ainsi que le reste de l'équipe.

Mozart était resté au chevet de Summer et avait refusé de partir. Il avait dit au docteur que Summer était sa fiancée, et tous les membres de l'équipe l'avaient soutenu. Summer ne l'avait même pas contredit. On l'avait autorisé à rester pendant son examen physique. Les vêtements de Summer avaient été placés dans des sacs en papier pour les donner comme indices à la police, et un enquêteur était arrivé pour documenter ses blessures avec des photographies.

Mozart était resté dans la pièce même lorsque les infirmières avaient essayé de le faire partir pour donner un bain à l'éponge pour nettoyer Summer. Il avait gardé le dos tourné afin de ne pas l'embarrasser, mais il avait refusé de partir.

Summer n'avait pas dit grand-chose durant les examens, mais Mozart avait remarqué qu'elle vérifiait constamment où elle était. Il ne se passait pas une minute sans qu'elle ne le cherche du regard, alors il s'assurait de rester toujours visible. Si le docteur se déplaçait et bloquait le champ de vision de Summer, Mozart faisait un pas de côté pour qu'elle puisse toujours le voir. Quelqu'un d'autre n'aurait peut-être pas remarqué son attitude, mais lui si, et il s'était assuré qu'elle se sentait le plus à l'aise possible durant cet examen difficile.

Pendant que le docteur vérifiait ses yeux, Mozart lui avait tenu la main et ne s'était absolument pas plaint quand elle avait enfoncé ses ongles dans sa peau. Ce n'est que lorsqu'il avait vu les plaies sur ses poignets qu'il avait pété un plomb et n'avait pas été en mesure de retenir ses larmes. Il avait vu de pires blessures durant sa vie, mais c'était ce que ces lacérations profondes signifiaient qui lui fit perdre le contrôle.

Il savait ce que Summer avait enduré. Elle avait

lutté contre ce que Hurst avait fait à Elizabeth. Elle avait essayé de s'échapper. Mozart savait qu'elle avait continué d'essayer de se libérer de ses liens, même si c'était évident qu'elle en aurait été incapable. Même lorsque le sang avait couru sur ses mains et coulé à terre, elle n'avait cessé de lutter.

Summer avait vu ses larmes et s'était plaquée contre lui. Elle ne pouvait pas le toucher puisque les infirmières nettoyaient et suturaient ses poignets, mais elle avait quand même trouvé le moyen de le réconforter. Elle avait tourné la tête puis l'avait blottie contre son cou alors qu'il pleurait. Elle avait soupiré quand les bras de Mozart s'étaient enroulés fort autour d'elle. Summer s'était contentée de murmurer :

— Ça va, Mozart.

Puis elle avait continué de s'appuyer sur lui jusqu'à ce que les infirmières aient fini. Elles lui avaient injecté un antidouleur et la dernière chose qu'elle lui avait dite était :

— Je t'en prie, ne me laisse pas.

Alors il était resté là. Elle lui avait demandé de ne pas s'en aller et rien n'aurait pu l'arracher à son chevet. Pas son commandant, pas la marine américaine, même pas le président des États-Unis en personne. S'il y était obligé, Mozart serait resté ici jusqu'à ce que l'enfer gèle sur place.

Chacune des filles était entrée dans la pièce sur la pointe des pieds pour voir comment se portait Summer. Elles ne la connaissaient pas depuis longtemps, mais elle avait de toute évidence fait une bonne impression sur elles. À chaque fois, elle était endormie. Alors, elles avaient promis de revenir le lendemain, une fois que Summer – espéraient-elles – serait réveillée.

Caroline devait rentrer à Riverton ; elle était en plein dans un gros projet au travail et ne pouvait vraiment pas se permettre de perdre ne serait-ce qu'une seule journée, même si elle avait insisté pour venir. Cela comptait d'autant plus pour Mozart parce qu'il savait d'expérience à quel point Ice détestait les hôpitaux. Il l'avait alors prise à part pour lui demander une faveur. Bien entendu, Caroline avait accepté sans poser de questions. Ce souvenir fit sourire Mozart. Elle aurait probablement pris la mouche s'il ne lui avait *pas* demandé son aide.

Ice l'avait serré fort contre elle et lui avait dit :

— Elle va s'en sortir, Mozart. Elle voudra que tu sois là. Je vous reverrai quand vous rentrerez.

Mozart repensa au jour où Ice s'était retrouvée à l'hôpital. Elle aussi avait été kidnappée et torturée. Il espérait que comme elle, Summer soit capable d'oublier tout ce qu'on lui avait fait. Il savait que Caroline faisait toujours des cauchemars. Lui et Wolf en avaient même discuté. Mais elle s'en remettait lentement, Dieu merci.

Summer remua enfin. Mozart baissa les pieds et se redressa. Il s'assit sur le lit près de sa hanche et se pencha vers elle, prenant garde à ne pas la bousculer. Il ne voulait pas lui faire peur, mais il voulait être assez proche d'elle pour qu'elle sache qu'il était là à la seconde où elle ouvrirait les paupières. Tout en posant les mains sur ses hanches, Mozart l'entoura de sa chaleur et se pencha en avant pour regarder Summer tenter d'émerger du sommeil.

Summer s'agita sur le lit, refusant de se réveiller. Elle savait que si elle ouvrait les yeux, il faudrait qu'elle gère toute la merde qui lui était arrivée au cours de la dernière journée. Elle se remémorait presque chaque seconde qu'elle avait passée dans le chalet. Malheureusement, Summer savait qu'elle ne l'oublierait jamais. Chaque parcelle de son corps lui faisait mal, mais elle était vivante. Elle essayait de continuer à s'en convaincre.

Elle ouvrit légèrement les paupières, essayant de tempérer sa panique. Elle savait qu'elle mettrait longtemps avant de se sentir à nouveau à l'aise toute seule. Puis elle sursauta en voyant une paire d'yeux sombres et intenses au-dessus de sa tête. Elle se détendit immédiatement. Elle aurait reconnu les yeux de Mozart n'importe où.

— Salut, dit-elle doucement, soulagée de le voir.

— Salut. Comment tu te sens ?

— Tu veux la vérité ou la version bisounours ?

— La vérité, petit soleil. Toujours.

— Mes poignets me font mal. Mes yeux me brûlent. Je me sens sale et je m'inquiète pour Elizabeth. Mais je suis tellement soulagée que tu sois là que je ne suis pas certaine de pouvoir mettre des mots dessus. Tout le reste passe au second plan.

Summer vit le visage de Mozart se tendre puis se relaxer.

— Il n'y a pas d'autre endroit où je préférerais me trouver.

— J'avais appelé Tex comme tu m'avais dit de le faire.

— Tu veux en parler tout de suite ? Ou bien tu as besoin de temps ?

— Je préférerais en parler tout de suite. Je ne pense pas pouvoir l'ignorer pendant très longtemps. Ça va me ronger.

— Tu veux que je m'arrange pour qu'un psychiatre vienne ? Je sais qu'Ice en voit toujours une et que ça l'aide beaucoup.

— Non. C'est juste toi que je veux.

— Tu m'as, petit soleil. Décale-toi.

Mozart attendit que Summer se décale légèrement vers la droite, puis il s'allongea juste à côté d'elle et la souleva délicatement dans ses bras. Il l'entendit pousser un soupir de contentement.

— Est-ce vraiment autorisé ?

— Peu m'importe.

Cela la fit sourire ; elle savait qu'il ne se préoccupait pas vraiment des règles de l'hôpital. Puis elle se rasséréna.

— C'est à ça que je pensais quand il m'a forcée à regarder. Je ne voyais pas ce qu'il faisait et je n'entendais pas ce qu'il disait ; je me souvenais simplement du sentiment de sécurité que j'avais ressenti quand tu me tenais comme ça.

— Tu as bien fait d'appeler Tex, mais bon sang, Summer, il faut que je te le dise. Tu n'aurais pas dû monter dans cette satanée voiture avec Hurst.

— Je sais.

Mozart s'interrompit. Il s'apprêtait à la réprimander gentiment mais fermement, mais Summer lui avait coupé l'herbe sous le pied.

Elle poursuivit :

— J'avais ce pressentiment au fond de moi ; c'est pour ça que j'ai appelé Tex. J'ai été bête. Je n'aurais pas dû laisser Henry me forcer la main. Et je suis vraiment désolée que l'autre femme ait été entraînée dans cette situation. Et je suis triste pour toi aussi. Si j'avais eu plus de jugeote, tu n'aurais pas été forcé de revivre ça et de repenser à ta sœur.

Mozart émit un petit rire.

— Tu es la seule personne de ma connaissance qui se fait enlever et torturer, et s'excuse quand même.

Puis il redevint sérieux.

— Petit soleil, je me fous de Hurst.

— Mais...

— Non, laisse-moi finir.

Quand Summer acquiesça, Mozart la serra encore plus fort dans ses bras et posa le menton au sommet de sa tête.

— J'ai passé la majeure partie de ma vie à traquer

cet homme. C'est à cause de lui que j'ai rejoint les forces spéciales. Je voulais venger Avery. Je voulais le tuer plus que je voulais servir mon pays, plus que je voulais vraiment sauver des gens, plus que toute autre chose. Ça avait consumé ma vie tout entière. La seule raison pour laquelle j'étais à Big Bear était parce que Tex m'avait dit que Hurst s'y était rendu. Mais tu sais quoi ? Quand nous étions dans ce chalet et que je tenais ma revanche, je n'y pensais plus. La *seule* chose qui m'importait était toi. Je ne voyais pas Elizabeth. Je ne voyais pas Hurst. Je ne voyais pas mes coéquipiers. Je ne voyais que *toi*. Je t'ai rejointe aussi vite que possible et j'ai réalisé que je me fichais de ce qui pouvait arriver à ce connard. Je savais que mes coéquipiers s'assureraient qu'il ne s'échappe pas, et ça me suffisait.

— Que lui est-il arrivé ?

— Il ne fera plus jamais de mal à personne.

— Vous allez avoir des problèmes ? Je dirai ce qui est nécessaire à la police et à la marine pour que vous ne soyez pas inquiétés.

Mozart voyait que Summer paniquait et il essaya de la rassurer.

— Non, on ne va pas avoir de problèmes, petit soleil. Notre commandant savait où nous étions et ce que nous faisions. En ce moment même, la police est au chalet. Ils prennent des photos et rassemblent des indices. Tex leur a tout envoyé – dans la limite de la légalité – sur ce qu'il a rassemblé sur Hurst au fil des années. Ils savent que c'était un maniaque. On ne va pas avoir de problèmes.

Il se détendit légèrement quand les muscles de Summer se relaxèrent. Au bout d'une seconde, elle murmura d'une voix si basse que Mozart l'entendit à peine :

— J'ai eu tellement peur.

— Oh, petit soleil.

— Je savais que j'avais appelé Tex, puisque tu étais en mission à l'étranger. J'ai essayé de rester forte. Je me suis dit que Tex trouverait le moyen de m'aider, mais je ne savais pas comment.

— Dis-m'en le plus possible sur ce qui s'est passé. Il faut que ça sorte. Je ne suis pas un psy et c'est probablement ce dont tu as besoin, mais je veux aussi que tu me parles.

— J'ai peur.

— De quoi ? De moi ?

— Non. Enfin, un peu.

Les bras de Mozart lui en tombèrent. Mince. Elle avait peur de lui ? Il s'apprêta à quitter le lit afin de lui donner de l'espace.

— Non ! Je t'en prie. Ce n'est pas ce que j'ai voulu dire.

Elle le serra dans ses bras, l'empêchant de trop s'éloigner d'elle.

— Je n'ai pas peur de *toi*. Je crains que si je te raconte ce qui s'est passé, tu changes d'avis à mon propos, que tu penses que je suis faible. Je ne pense pas être comme les autres femmes avec lesquelles tes amis sortent. Caroline se maîtrise tellement. Ça lui est arrivé à elle aussi, mais elle est tellement forte.

— Summer, Ice est forte grâce à Wolf. Elle était à ramasser à la petite cuillère juste après que ça lui soit arrivé. Bon sang, lâche un peu du lest. Ça ne fait même pas vingt-quatre heures, petit soleil. Et tu as raison, je changerai probablement d'opinion sur toi une fois que tu m'auras tout raconté.

Comme Summer sursauta dans ses bras et essaya de s'écarter, c'est Mozart qui s'accrocha à elle et bascula la tête en arrière pour pouvoir la regarder dans les yeux.

— Je serai encore plus fier de toi que je le suis déjà. Je ne te savais pas aussi forte. Je t'aimerai encore plus que je le fais actuellement.

Summer, ébahie, ne put que le regarder fixement.

— Quoi...

— Oui, je t'aime. Je ne l'avais jamais dit à une autre femme. Je n'ai jamais cru au coup de foudre avant de t'avoir rencontrée. Même moi, je sais que c'est fou. Bon sang, on n'a même pas encore fait l'amour, mais je t'aime. S'il t'était arrivé quelque chose, je ne sais pas ce que j'aurais fait. Maintenant, dis-moi ce qu'il s'est passé. Fais-le-moi partager. Laisse-moi t'aider à traverser cette épreuve.

Il lui fit baisser la tête afin qu'elle repose à nouveau sur sa poitrine.

— Ferme les yeux. Je sais qu'ils te font mal.

Détends-toi. Tu es en sécurité dans mes bras. Et maintenant, dis-moi.

— Autoritaire, va ! le taquina Summer.

Elle leva une main vers son visage et le prit en coupe tout en restant allongée. Elle fit ensuite courir son pouce le long de sa joue, réalisant qu'il avait connu l'enfer assez souvent pour être bien placé pour l'aider à surmonter ce qui s'était passé.

D'un ton monocorde, elle décrivit doucement ce qui lui était arrivé, jusqu'au point où Hurst lui avait scotché les paupières pour les garder ouvertes. Alors, sa voix se brisa.

— Il voulait que je regarde. Je n'en pouvais plus. Il s'est énervé et il m'a dit qu'il s'arrangerait pour que je n'aie pas le choix. Je ne voulais pas voir ça. Certes, il m'a forcée à garder les yeux ouverts, mais j'ai refusé de *voir*. Je pensais à toi. Ton contact, tes paroles ; le son de ta voix quand tu m'appelais « petit soleil ». Mes yeux brûlaient tellement ils étaient secs. Le scotch me tirait les cheveux.

Mozart ne pouvait rien faire.

— Chut, petit soleil. Je te tiens. Tout va bien.

— Quand il y a eu cet éclair de lumière, j'ai cru que j'étais devenue aveugle. J'ai eu tellement peur.

— Je suis vraiment désolé...

— Non, tu ne comprends pas. Quand j'ai finalement recouvré la vue, la première chose que j'ai vue a été *toi*. Tu as éclipsé tout le reste. Au début, j'ai pensé que je rêvais. Puis tu as voulu me toucher et je ne voulais pas que tu aies cette merde sur toi. Tu es si bon et pur. Je ne voulais pas que ça te souille.

— Petit soleil, ça me plaît que tu penses ça de moi, mais je ne suis pas pur.

— Tu l'*es*. Tu m'as fait connaître des choses que je n'avais jamais ressenties de toute ma vie. Quand tu es là, j'oublie tout le reste. J'ai appelé Tex en sachant qu'il te trouverait. Quelque part, même si c'était une idée folle, je savais que tu viendrais me chercher. Tu as dit que tu viendrais toujours me chercher.

— Bon sang, petit soleil. Tu as raison. Je viendrai toujours te chercher. Mais Seigneur, je t'en prie, ne remonte plus jamais en voiture avec un tueur en série psychotique qui veut se servir de toi pour me faire réagir.

Mozart ferma les yeux quand il entendit Summer pouffer. Qu'elle soit capable de rire après tout ce qu'elle avait subi le dépassait.

— Existe-t-il d'autres tueurs en série psychotiques en liberté qui voudraient me kidnapper juste pour te faire réagir ?

— Putain, non !

— Alors c'est bon, je ne remonterai plus jamais en voiture avec l'un d'entre eux.

Summer releva la tête et regarda sérieusement Mozart.

— Je t'aime, Sam Reed.

— Merci, mon Dieu.

Une infirmière entra au moment où Mozart pressait à nouveau Summer contre lui.

— Qu'est-ce que vous êtes en train de faire ? Vous n'avez pas le droit de monter sur le lit de la patiente.

Mozart ne remua pas d'un cil. Il n'allait pas bouger.

— Monsieur ? Vous m'avez entendue ?

— Oui, je vous ai entendue. Mais je vous ignore.

— Ça ne va pas. Je vais appeler la sécurité !

Mozart sentit Summer essayer de se relever, et il sut qu'il devait dire quelque chose pour apaiser cette mégère avant que cela ne contrarie sa compagne davantage.

Il retira la tête de l'oreiller sans cesser d'étreindre Summer. Il regarda l'infirmière et dit calmement :

— Ma compagne a été enlevée et torturée par un tueur en série décidé à me détruire. Elle vient de passer la dernière demi-heure à me raconter comment ce fou l'a torturée en lui scotchant les yeux en position ouverte et en se branlant sur elle. Je me contrefous que ce soit contre les règles de cet hôpital, mais je ne vais pas la laisser traverser tout ça sans qu'elle se sente en sécurité dans mes bras. Je suis désolé si ça vous pose problème, mais je ne bougerai pas tant que je ne serai pas certain qu'elle aille bien et qu'elle soit d'accord pour que je quitte ce lit.

Mozart reposa la tête sur l'oreiller et attendit l'explosion qu'il escomptait. Il ne s'était pas vraiment montré diplomate.

— Euh, très bien. Alors je vais revenir dans un moment.

Summer et Mozart entendirent la porte s'ouvrir et se refermer. Summer rompit le silence en recommençant à pouffer.

— Était-ce vraiment nécessaire ?

— Oui, répondit-il, non disposé à lâcher l'affaire.

— Je t'aime, Mozart. Mais je ne pense pas que notre vie soit un long fleuve tranquille.

— Elle le sera. Je ne supporterai pas qu'il se passe une autre chose de ce genre. Oh, et je tiens à te faire savoir qu'Ice est en train de s'arranger pour faire déménager tes affaires de Big Bear jusqu'à mon appartement. Elle a aussi reçu carte blanche pour t'acheter toutes les choses dont elle pense que tu auras besoin et qu'elle n'aurait pas vues dans tes affaires. Et je dois te prévenir, petit soleil, que tu auras probablement une montagne de nouveaux vêtements et de chaussures quand on rentrera à la maison.

Ne sachant pas comment elle prendrait cette déclaration, Mozart se tendit. Il savait que Summer était indépendante et qu'elle n'aimait pas qu'il lui achète des choses. Lui dire qu'elle allait déménager dans son appartement dans une ville différente sortait largement du cadre de « lui acheter quelque chose ».

— D'accord.

Mozart en resta pantois.

— D'accord ?

Il souleva le menton de Summer pour pouvoir la regarder dans les yeux.

— D'accord, répéta Summer.

— Tu ne paniques pas. Dois-je m'attendre à un pétage de plomb plus tard, quand tu seras davantage toi-même ?

— Mozart, je viens de traverser la pire chose que j'ai vécue de toute ma vie. J'ai eu terriblement peur de ne plus jamais te revoir. J'avais peur que Ben ne me viole, me torture ou me tue avant que j'aie pu te dire à quel point tu comptais pour moi. Je n'aimais pas vraiment mon travail non plus et j'avais déjà l'intention de partir après l'hiver. Je suis plus que ravie de déménager à Riverton avec toi. Je resterai aussi longtemps que tu voudras de moi.

— Tu es vraiment une chieuse.

Summer se contenta de lui sourire.

— Embrasse-moi.

— Avec plaisir.

Mozart se tourna sur le côté jusqu'à ce qu'il se retrouve au-dessus de Summer. Il se pencha et s'empara délicatement de ses lèvres. Il prit son temps, la savourant et la mordillant. Quand il sentit sa langue qui cherchait la sienne, il approfondit le baiser, levant une main vers sa joue et la maintenant en place alors que le baiser se faisait charnel.

Avant de pouvoir aller plus loin, ils entendirent la porte qui s'ouvrait à nouveau. Mozart leva la tête à contrecœur. Il ne rompit pas le contact visuel avec

Summer, mais lui caressa le sommet de la tête et cala une mèche de ses cheveux derrière son oreille. Il lui embrassa un œil et puis l'autre, fit pareil pour ses sourcils et déposa un dernier baiser sur son front avant de tourner enfin la tête pour voir qui était entré dans la pièce.

Voyant le médecin appuyé contre l'encadrement de la porte, tout sourire, Mozart secoua la tête et lui rendit son sourire. Il se déplaça afin de pouvoir faire basculer ses jambes sur le côté du lit et se redresser. Rapprochant la chaise du côté du lit, il s'assit, saisissant la main de Summer dans la sienne avant de s'installer.

— Doc, c'est bon de vous voir, dit-il d'une voix traînante et à moitié sarcastique.

Le docteur rit, s'écarta de la porte puis se dirigea vers le lit.

— Oui, je vois ça. Mais j'apporte de bonnes nouvelles.

Il regarda Summer.

— On vous laisse partir aujourd'hui. Vos yeux vont se remettre. Je vous prescris des gouttes pour combattre la sécheresse. Vous verrez qu'en quelques jours, ils seront redevenus normaux. Vos autres blessures mettront juste un peu plus longtemps à guérir. Je vous renvoie chez vous avec des antidouleurs. Prenez-les si la douleur est trop forte. N'essayez pas d'être un héros. Détendez-vous, reposez-vous et vous serez remise en un rien de temps.

Il s'interrompit, souhaitant manifestement lui dire quelque chose sans savoir comment aborder le sujet.

Enfin, il se lança :

— Je crois que c'est aussi une bonne idée de parler à quelqu'un de ce qui s'est passé. Je peux vous donner des références si vous en avez besoin.

— Je m'en occupe, docteur, dit Mozart d'une voix sombre.

Quand le médecin eut l'air de vouloir protester, Summer prit la parole :

— Je n'y manquerai pas. Je vous le promets. Mozart est un soldat d'élite. Il existe plusieurs docteurs sur la base à qui je pourrai parler. Il va prendre rendez-vous pour moi.

— Alors c'est bien. Bon. Je vous souhaite bonne chance. Je vous recommande de vous faire suivre par votre médecin traitant quand vous serez rentrée pour vous assurer que tout se cicatrise correctement. Une visite chez votre optométriste serait également une bonne idée. Encore une fois, c'est juste pour s'assurer que tout va bien.

— On n'y manquera pas, répondit Mozart. J'organiserai ça aussi pour la semaine prochaine.

Le médecin tendit la main à Mozart

— C'était un plaisir de vous rencontrer, M. Reed. Merci de votre service envers notre pays. Votre travail nous offre une meilleure qualité de vie.

Visiblement ému, Mozart lui serra la main.

Summer recommença à pouffer en voyant son embarras. Il était vraiment un soldat d'élite dur à cuire !

Le docteur se retourna vers Summer et lui serra la main en ajoutant d'un ton solennel :

— Et bonne chance à vous aussi, Summer. Vous êtes une femme extraordinaire, et je me réjouis que vous ayez vaincu ce connard !

Summer rougit mais ne répondit rien.

— Vous pouvez commencer à vous habiller et à rassembler vos affaires. On remplira les procédures de sortie dès que possible. On est parfois très occupés par ici, mais on sait que partir est généralement l'activité préférée de nos patients.

Il rit de sa propre blague et tourna les talons.

— Docteur ?

La voix de Summer résonna dans la pièce.

— Oui, Summer ?

— Avez-vous le droit de me dire comment se porte Elizabeth ?

Une boule se forma dans l'estomac de Summer quand elle vit la tête que tira le médecin.

— J'aimerais bien, mais il y a le secret médical et tout ça.

— Oh. D'accord, je voulais simplement...

Mozart plaça une main sur la joue de Summer et lui fit tourner la tête vers lui.

— Je vais aller voir pour toi, petit soleil.

— Je voulais simplement qu'elle sache...

Comme elle n'acheva pas sa phrase, Mozart l'encouragea à poursuivre :

— Sache quoi ?

— Que ce qu'il faisait ne m'excitait pas.

— Qu'est-ce que tu dis, putain ? ne parvint pas à s'empêcher de demander Mozart.

— C'est ce qu'*il* lui a dit, s'empressa-t-elle de lui expliquer. Il lui a dit qu'il la torturait sous mes ordres, parce que je voulais qu'il le fasse.

— Petit soleil, je suis certain qu'elle n'y a pas cru.

— Mais si elle l'a cru, Mozart ?

— Elle ne le croit pas, la rassura le médecin à son chevet.

Il était allé la rejoindre et lui parlait à voix basse.

— Elle ne se porte pas aussi bien que vous, Summer. Elle avait besoin de parler à quelqu'un. J'étais présent quand elle a brièvement parlé à un thérapeute. Elle sait qu'il vous torturait aussi. Elle a dit au conseiller qu'elle se sentait mal pour *vous*.

Les larmes brûlèrent à nouveau les yeux de Summer.

— Merci de me l'avoir dit.

— Je vous en prie. Maintenant, habillez-vous et fichez le camp de mon hôpital.

Il l'avait dit en souriant pour que Summer comprenne qu'il la taquinait.

Mozart attendit que la porte se referme derrière lui.

— Non.

— Quoi ?

— Ne te sens pas coupable. Ce qu'il t'a fait est aussi déplorable que ce qu'il lui a fait à elle. Vous étiez toutes les deux innocentes dans cette affaire.

— Je sais. J'ai l'impression que... je ne sais pas ce que je ressens.

— Sois contente de ne plus être là-bas. Sois soulagée qu'il ne puisse plus jamais faire de mal à personne. Sois contente de rentrer à la maison avec moi.

— Je le suis, Mozart. Je le suis.

— Très bien, alors. Rentrons à la maison.

Summer s'assit en tailleur sur le lit alors que Caroline, Alabama et Fiona y grimpaient aussi.

— Comment te sens-tu vraiment ? demanda Caroline d'une voix sombre.

— Je vais bien. Vraiment. Merci de m'avoir donné le nom de ta thérapeute. Je pensais que ça me suffirait de parler à Mozart, mais j'ai réalisé que je me retenais avec lui parce que je ne voulais pas lui faire de mal. Et je savais que chaque fois que je faisais un cauchemar, il souffrait.

— Je sais. Je ressens toujours ça, parfois. C'est important d'avoir une personne neutre qu'on ne blessera pas si on lui raconte nos peurs et les pensées qui nous trottent dans la tête.

Caroline tapota le genou de Summer.

— Je ne sais pas comment on a eu cette chance, mais je te le dis : je remercie ma bonne étoile tous les jours d'avoir été enlevée par ces trafiquants du sexe, sortit Fiona à l'improviste.

— Qu'est-ce que tu racontes ? s'exclama Alabama en frappant légèrement Fiona sur l'épaule. Comment peux-tu dire ça ?

— Parce que si je n'avais pas été retenue au Mexique, je n'aurais jamais rencontré Hunter. Je vivrais toujours ma vie ennuyeuse à El Paso.

— Oui, mais...

— Non, pas de « mais ». J'y ai longuement réfléchi. Les choses ne nous arrivent pas sans raison. Caroline, tu étais dans cet avion pour pouvoir sentir que les glaçons contenaient de la drogue. Matthew était assis à côté de toi pour sauver la vie de tous ces gens à bord. Alabama, tu as sauvé la vie de Christopher durant cette fête. Si tu n'avais pas été là pour le faire sortir, il ne serait peut-être pas ici aujourd'hui. Oui, tout ce que tu as vécu avec lui a été difficile, mais en fin de compte, il est toujours là à cause de toi. Ma rencontre avec Hunter est une conséquence directe de ce qui m'est arrivé au Mexique. Et Summer, il y a plusieurs manières de voir ce qui t'est arrivé, mais en fin de compte, si cette pauvre petite Avery n'avait pas été tuée quand elle était enfant, tu n'aurais jamais rencontré Sam, et Ben Hurst serait peut-être encore en train de tuer des gens.

Fiona lui laissa digérer ses paroles, avant de continuer :

— On a le droit de se plaindre de nos vies et de

l'enfer qu'on a toutes traversé, mais en fin de compte, nous ne serions pas avec nos hommes aujourd'hui si nos vies ne s'étaient pas déroulées comme elles l'ont fait. Je gère mes problèmes et vous gérez les vôtres, mais à la fin de la journée, on peut s'endormir dans les bras de nos hommes... et je ne voudrais pas changer une minute de ma vie si cela signifiait que je pourrais le perdre.

— Waouh !

Summer ne pouvait pas vraiment contredire Fiona. Elle avait raison. Cela l'aidait à mettre tout en perspective d'une façon qu'elle n'aurait jamais pu exprimer toute seule, elle le savait. Elle adressa une prière silencieuse à Avery. Elle n'aurait jamais l'occasion de la rencontrer, mais elle lui serait reconnaissante pour le reste de sa vie.

Fiona brisa enfin le silence qui s'éternisait :

— Bon, ça suffit. Caroline, sors à boire. On a besoin de faire la fête !

Elles éclatèrent toutes de rire. Caroline avait rebattu les oreilles de Matthew jusqu'à ce qu'il l'autorise à organiser leur petite fête de retrouvailles au sous-sol de leur maison. Alabama y avait passé beaucoup de temps après son arrestation, quand Christopher était dans le brouillard, et c'était devenu l'endroit où elles se retrouvaient quand elles voulaient se réunir et se lâcher un peu. Leurs hommes n'aimaient pas qu'elles sortent tout le temps, alors pour les rassurer, elles se lâchaient au sous-sol pendant que les soldats d'élite étaient à l'étage et les attendaient.

Alabama et Christopher passaient généralement la nuit dans le lit du sous-sol, et Hunter ramenait toujours Fiona à la maison. Puisque c'était la première fois que Summer avait été invitée, elle ne savait pas ce que Mozart déciderait, mais elle s'était dit qu'il la ramènerait à la maison dès qu'elle remettrait le nez à l'étage. Il s'était montré terriblement protecteur, mais secrètement, Summer aimait chaque seconde de sa protection de mâle alpha. Elle regardait parfois par-dessus son épaule pour voir si elle apercevait Ben, mais elle savait qu'il était mort.

En rentrant de l'hôpital, Mozart lui avait expliqué ce qui s'était passé au chalet. Wolf avait décidé de livrer Hurst au système judiciaire pour ce qu'il avait fait non seulement à Elizabeth et à Summer, mais également à toutes les femmes et tous les enfants qu'il avait assassinés au fil des années. Wolf savait que chacun de ses camarades aurait voulu égorger Hurst, non seulement pour ce qu'il avait fait à la compagne et à la sœur de Mozart, mais également pour toutes les femmes et les enfants qu'il avait torturés au fil des années. Mais quand ils avaient voulu faire sortir Hurst du chalet, il s'en était pris à Benny et avait essayé de l'éviscérer avec un couteau qu'il avait gardé dans la poche de son pantalon. Wolf lui avait collé une balle entre les deux yeux et Hurst s'était écroulé à terre, mort.

Ils étaient tous un peu contrariés qu'il n'ait pas

souffert davantage, mais cela avait été reconnu comme de la légitime défense. Personne n'allait poursuivre une équipe des forces spéciales pour meurtre, certainement pas avec le passé de Hurst et le témoignage de Summer et d'Elizabeth à propos de ce qui s'était déroulé dans le chalet.

Assise au sous-sol de la maison de Caroline à boire des cocktails Sex on the Beach, Midori Sour et Screwdriver, Summer ne s'était jamais sentie plus en sécurité. Elle savait que son soldat d'élite et les trois autres étaient à l'étage, attendant impatiemment que leur moment entre femmes soit terminé. Ils pouvaient bien râler et se plaindre, mais elles savaient toutes qu'ils donneraient à leurs compagnes tout ce qu'elles pouvaient désirer.

Deux heures plus tard, les femmes eurent enfin pitié des hommes, du moins fut-ce la raison qu'elles avancèrent. Summer ricana, connaissant assez les autres filles pour savoir qu'elles étaient super chaudes et qu'elles avaient seulement envie de se jeter sur leurs hommes.

Mozart n'avait pas voulu faire pression sur elle et ils n'avaient pas encore fait l'amour, mais Summer espérait que ce soir soit le bon. Elle était plus que prête. Ils avaient déjà connu des séances de pelotage poussé au cours des deux semaines précédentes, mais elle en désirait davantage. Elle ne savait pas vraiment ce qu'attendait Mozart, mais elle était déterminée à briser sa résolution ce soir.

Les femmes remontèrent les escaliers en riant et en s'accrochant les unes aux autres. Elles émergèrent énergiquement de la porte du sous-sol qui donnait sur la cuisine et éclatèrent à nouveau de rire en voyant la tête que faisaient leurs hommes. Chacune d'elle tituba vers son compagnon.

Summer aimait le sourire qu'affichait Mozart. Il s'était tourné sur son siège dès qu'il l'avait vue, et à présent, il la tirait vers lui pour qu'elle se tienne debout entre ses jambes.

— Tu as passé un bon moment, petit soleil ?

— Oui, tes amies sont géniales.

— Ce sont tes amies aussi, Summer.

— Oh oui ! *On* a les meilleures amies du monde.

Summer regarda Mozart d'un air rayonnant.

— Oh, oui. Tu veux partir ?

Mozart jeta un œil à ses coéquipiers qui l'entouraient. Oui, ils avaient bien commencé. Wolf et Ice les avaient oubliés. Ils étaient dans les bras l'un de l'autre et dans cinq minutes, ils commenceraient probablement à faire l'amour sur la table. Abe avait pris Alabama dans ses bras et il se dirigeait vers la porte du sous-sol. Mozart pariait qu'ils seraient également très occupés dans les quelques minutes qui viendraient.

Il croisa les yeux de Cookie par-dessus la table et ils se sourirent. Ils étaient les pauvres bougres qui rentreraient en voiture. Il leur faudrait au moins une demi-heure avant de pouvoir se glisser dans le lit avec leur femme.

— Tu as une clé ? Wolf est toujours trop occupé pour prendre la peine de refermer la porte derrière nous, demanda Mozart – une question presque rhétorique.

— Oui, j'en ai une. Vas-y, ramène Summer. Je m'en occupe.

Mozart rit. Fiona était assise sur les genoux de Cookie, occupée à lui embrasser le cou et lui sucer le lobe de l'oreille.

— Bon sang, j'aime les soirées entre filles, dit Cookie en inclinant la tête pour donner un meilleur accès à sa compagne.

Mozart se contenta de secouer la tête et se retourna vers Summer.

— Tu es prête à y aller ?

— Oui, je suis prête.

Entendant quelque chose de bizarre dans sa voix, Mozart l'observa attentivement. Elle affichait un sourire légèrement coquin. Il voyait bien qu'elle était pompette, mais elle n'était pas saoule au point de tomber par terre.

— Quoi ?

— Rien, allons-y.

Summer fit un pas en arrière et la tira par la main. Mozart se redressa et la suivit jusqu'à la porte d'entrée, vers son véhicule.

Il vit qu'elle regardait à droite et à gauche alors qu'il faisait le tour de son véhicule pour monter du côté conducteur. Il détestait le fait qu'elle ressente toujours le besoin de prendre ses marques. Si elle n'avait pas subi ce qu'elle avait connu aux mains de Hurst, Mozart aurait probablement été fier qu'elle se préoccupe de sa sécurité. Mais à présent, cette habitude le mettait simplement en colère. Il savait qu'il ne pouvait pas effacer tous ses souvenirs de cette nuit-là, mais il détestait la voir apeurée ou même mal à l'aise.

Mozart grimpa et tira sur sa ceinture de sécurité avant de démarrer la voiture. Il sentit la main de Summer sur la sienne alors qu'il la posait sur le levier de vitesse.

— Je vais bien, Mozart. Je le promets.

Il lui leva une main et lui embrassa les doigts.

— Tu vas plus que bien, petit soleil. Rentrons à la maison.

Ils gardèrent le silence jusqu'à leur immeuble, tous les deux perdus dans leurs pensées. Après avoir garé la voiture, Mozart embrassa à nouveau la main de Summer.

— Reste là, petit soleil.

Summer hocha la tête ; elle connaissait la procédure.

Mozart fit le tour de la voiture et ouvrit sa portière. Elle se glissa à l'extérieur et lui donna la main. Ils se dirigèrent vers l'appartement au deuxième étage. Mozart ne lâcha pas la main de Summer alors qu'il déverrouillait la porte et qu'ils entraient. Il s'arrêta comme il le faisait d'ordinaire puis inclina la tête pour écouter l'appartement silencieux. N'entendant rien qui ne sorte de l'ordinaire et ne ressentant aucune mauvaise sensation, il laissa tomber les clés sur la table à côté de la porte et referma la porte d'entrée.

Summer pivota dans ses bras et leva les yeux vers lui. Mozart lui répétait toujours qu'elle pouvait tout lui dire, qu'il voulait qu'elle soit honnête avec lui. Eh bien, ce soir, elle allait être honnête. L'alcool l'aidait un peu, mais ses paroles étaient sincères.

— Il est temps. J'ai envie de toi.

— Summer, tu as bu.

— Peu importe. Je ne suis pas saoule. Loin de là. Je me sens bien. Je me sens en sécurité. J'ai besoin de toi, Mozart. J'ai besoin de t'avoir dans mes bras. J'ai besoin que tu sois en moi. Je commence à avoir l'impression que tu ne me désires pas… comme ça…

Elle aussi fut surprise par ce qu'elle venait de dire. Elle avait effectivement commencé à penser qu'il ne la voyait peut-être pas de la même manière qu'avant son enlèvement. Peut-être que le fait de s'être retrouvée entre les griffes de Hurst était trop pour lui.

Presque avant que le dernier mot ne lui soit sorti de la bouche, les lèvres de Mozart avaient couvert les siennes. Il la prit brusquement dans ses bras, plaçant un bras derrière son dos le long de son épine dorsale afin de coller le haut de son corps contre le sien. Son autre main se glissa dans ses cheveux, lui tenant la tête pour mieux l'assaillir.

Levant le menton après l'avoir fait basculer entre ses bras, il gronda :

— Si je n'ai pas envie de toi ? Seigneur, petit soleil, j'ai passé tous les matins depuis que tu as quitté l'hôpital à me branler sous la douche. T'avoir à côté de moi dans le lit, ton odeur sur ma peau et sur mes draps au matin, te regarder rire et retrouver tes marques après ce qui t'est arrivé... c'est presque trop.

Quand Summer sursauta dans ses bras, Mozart refusa de desserrer son étreinte.

— Je veux que tu en sois sûre. Je veux que tu sois prête pour moi. Je ne peux pas être en toi et te laisser partir. Si on le fait, je ne te laisserai pas filer.

— Je ne veux pas que tu me laisses filer.

— Tu es certaine d'être prête ?

— Oui, je n'ai jamais été aussi prête de toute ma vie.

Summer marqua un temps d'arrêt.

— Est-ce que tu t'es vraiment... tu sais... dans la douche ?

— Oui, mais ça n'aide pas. Dès que je reviens dans la pièce et que je te vois dans mon lit, je rebande.

— Moi aussi.

— Quoi ?

Mozart ne comprenait pas ce que lui disait Summer.

— Je le fais aussi... dans la douche... quand tu es parti au travail...

Mozart se pencha et souleva Summer dans ses bras. Sans un mot, il la porta dans leur chambre et la posa debout près du lit.

— Retire tes vêtements.

Souriant de le voir se transformer en homme des cavernes, Summer fit lentement passer son haut au-dessus de sa tête. Elle vit Mozart écarquiller les yeux alors qu'il se figeait comme une statue, les mains immobiles sur le bouton de son jean. Aimant le fait que son strip-tease le statufie, Summer se baissa et retira ses tennis l'une après l'autre, se penchant très bas pour qu'il puisse voir son décolleté. Puis elle retira ses chaussures et déboutonna son jean.

Voulant l'inciter à passer l'action, Summer lui demanda d'un ton effronté :

— Je vais être la seule à être nue, ce soir ?

— Certainement pas.

Mozart eut enfin un sursaut. Il fit passer son haut par-dessus sa tête et le laissa retomber derrière lui, oublié. Puis il ouvrit brusquement le bouton de son jean et le fit prestement descendre le long de ses jambes.

Summer sourit et retira son propre jean. Enfin, ils se retrouvèrent en sous-vêtements, s'observant mutuel-lement. Summer, oscillant d'un pied sur l'autre, sentait qu'elle mouillait. Elle voyait que Mozart était excité, lui aussi. Il était vraiment impressionnant ; elle discernait les contours de sa virilité à travers son slip de coton. Passant la main derrière elle, elle dégrafa son soutien-gorge avant de le laisser retomber à ses pieds. Manifes-tement, cela suffit pour faire agir Mozart.

Alors qu'il faisait un pas vers elle, elle recula légèrement. Enfin, il était presque à portée d'elle et elle sentit le lit derrière ses genoux. Un pas supplémentaire, et elle se laissait retomber au bord du matelas. Mozart s'agenouilla devant elle. Saisissant l'ourlet de sa culotte, il gronda :

— Relève-toi.

Summer leva les hanches afin que Mozart puisse faire glisser sa culotte le long de ses jambes. Il ne perdit guère de temps et dès que le morceau de coton eut dépassé ses chevilles, il se redressa et la repoussa en arrière sur le lit en lui posant une main sur la poitrine.

— Recule.

Alors que Summer s'appuyait sur ses mains pour se décaler en arrière sur le lit, Mozart retira son slip, monta sur le lit et s'allongea sur elle. Il lui grimpa dessus à quatre pattes alors qu'elle se trémoussait pour remonter plus haut sur le lit.

Satisfait de l'endroit où elle se trouvait, Mozart laissa retomber ses hanches contre elle et s'abaissa. Summer pouvait sentir son sexe contre son ventre et son intimité chaude.

— Je veux y aller doucement, mais je ne suis pas certain d'en être capable.

Mozart plaqua son front contre celui de Summer et inspira profondément.

— Tu ne peux pas me toucher. Si on veut que ça fonctionne, tu ne peux pas me toucher.

— Certainement pas ! répliqua immédiatement Summer.

Elle leva la main jusqu'à sa joue scarifiée.

— Mozart, on a tout le temps. Peu m'importe si notre première fois dure cinq minutes ou cinq heures, parce que je sais qu'après la première fois, il y en aura une deuxième. Après la deuxième, il y en aura une troisième. Après la troisième, une quatrième. Finalement, on terminera dans la douche et on pourra se faire mutuellement ce qu'on s'est fait tout seuls. Il n'y a pas beaucoup de pièces dans cet appartement, mais tu possèdes plutôt pas mal de meubles sur lesquels je suis certaine qu'on pourra se montrer créatifs. Ne comprends-tu pas, Mozart ? Je suis simplement contente d'être ici avec toi. J'ai envie de te toucher puis que tu me touches en retour. Ne réfléchis pas trop.

Mozart rit. Summer avait raison.

— Tu as raison.

Il recula légèrement puis rabaissa lentement les hanches vers elle tout en la pénétrant. Ils grognèrent tous les deux.

— C'est bon ? Merde, dis-moi que c'est bien !

— C'est génial. Fantastique. Si tu t'arrêtes, je te bute !

Summer plaça ses mains sur les fesses de Mozart et le força à parcourir les derniers centimètres jusqu'à ce qu'il se plaque entièrement contre elle. Ils grognèrent à nouveau.

— Quand on s'est rencontrés, tu t'es vantée que je

t'avais fait jouir trois fois avant le dîner... eh bien, je ne peux pas te le promettre, puisqu'on a déjà mangé, mais je peux te garantir ces trois orgasmes.

Summer rit puis ils gémirent tous les deux.

— Je te sens te contracter autour de moi quand tu ris. Je n'ai jamais rien ressenti de la sorte.

Soudain, Mozart s'immobilisa.

— Oh, merde. Petit soleil. Je ne peux pas. Tu dois t'arrêter.

Summer continua de se contracter autour de sa virilité. Elle le serrait de ses muscles intérieurs aussi fort qu'elle le pouvait.

— Ne t'arrête pas Mozart. Je t'en prie, ne t'arrête pas.

— Je ne suis pas couvert, bébé. Je ne suis pas protégé.

— Je m'en fiche.

Mozart s'arrêta de bouger et se recula suffisamment pour que seul le bout de son érection se retrouve en elle.

— Petit soleil, tu prends la pilule ?

— Non, mais j'avais fait une injection. Je sais que ça ne dure pas éternellement, mais je crois que c'est bon.

— Je ne mise pas sur des « je crois ».

Les larmes remplirent les yeux de Summer et Mozart se pencha pour les effacer d'un baiser.

— Ne pleure pas, bon sang. Ne pleure pas.

— Tu ne veux pas de bébé avec moi ?

— Je te veux *toi*, Summer. Si on décide plus tard

qu'on a envie d'un bébé, on planifiera et on fera un bébé volontairement. Mais pour le moment ? Non, je ne veux pas d'enfant. Je te veux, toi. Je veux passer du temps à apprendre à *te* connaître. Je veux être capable de sortir dîner sans m'inquiéter de notre petit. Je veux partir en voyage avec toi. Je ne veux pas te laisser avec un enfant quand je pars en mission.

Summer inspira profondément. Il avait raison. Elle non plus n'était pas prête pour un enfant.

— Je veux que notre première fois soit juste nous. Pas de latex.

Mozart inspira profondément.

— Je suis sain, je le jure. Je sais que j'ai couché avec bien trop de femmes par le passé, mais c'était avant. Je n'ai été avec personne depuis que je t'ai rencontrée. Je me fais tester par la marine.

— Je sais, Mozart. Je suis saine aussi.

Mozart rit ; que Summer pense qu'elle n'était pas saine était presque une blague. Bien sûr qu'elle l'était.

— Je n'en doute pas, petit soleil. Bon, contraception... Quand as-tu eu tes règles pour la dernière fois ?

Mozart rit quand Summer rougit.

— Petit soleil, tu me parles d'autres choses ; ça ne devrait pas être un sujet embarrassant.

— Mais ça l'est.

Mozart s'enfonça en Summer, lentement et implacablement jusqu'à ce qu'il arrive au bout. Puis il se retira afin qu'elle n'accueille à nouveau plus que son gland.

— Dis-moi.

— Tu es autoritaire, le taquina Summer avec un sourire. Je dois les avoir dans quelques jours.

— Ça devrait aller. Je peux me retirer, si ça ne te rappelle pas trop de mauvais souvenirs.

Mozart ne pouvait s'empêcher de penser à ce que Hurst lui avait fait dans le chalet.

— C'est bon. Ce n'est absolument pas pareil. J'ai envie de te voir, de te sentir en moi. Mais, Mozart, il y a toujours un risque.

Summer sourit pour qu'il comprenne qu'elle n'était pas en colère contre lui.

Il lui rendit son sourire.

— Je sais que ce n'est pas infaillible, mais c'est mieux que rien. Et tu as raison, je veux que notre première fois soit juste nous deux, sans rien entre nous. Maintenant, rallonge-toi et laisse-moi me concentrer, femme !

Summer pouffa à nouveau et sourit alors que Mozart grognait. Ses petits rires se transformèrent rapidement en gémissements alors qu'il la pénétrait à nouveau. Toute hilarité quitta rapidement son esprit alors que Mozart s'efforçait de la rendre folle. Ce n'est pas avant que Summer ait joui une deuxième fois que Mozart commença à la pénétrer plus fort.

— Oui, bébé, c'est ça. Prends-moi. Je suis à toi.

Ses mots firent basculer Mozart. Il se retira rapidement et se répandit sur l'estomac de Summer. Il fut ébahi de sentir sa petite main douce le caresser et faire sortir encore plus de sperme de sa virilité. Il vit Summer utiliser une main pour caresser son érection qui se ramollissait et l'autre pour frotter sa semence contre sa peau.

— Seigneur. Tu me tues, petit soleil.

— J'aime te sentir sur moi.

Mozart s'abaissa sur Summer. Elle leva les bras entre eux et Mozart sentit son humidité sur ses doigts tandis qu'elle lui caressait la poitrine.

— Je t'aime.

— Je t'aime aussi.

Ils restèrent allongés sur le lit pendant quelques minutes avant que Summer ne brise le silence :

— Je vais aller chez le médecin pour refaire une injection.

— Très bien, petit soleil.

— Je veux que tu me viennes en moi.

— *Oui.* C'est ce que je veux aussi.

Mozart se décolla de la poitrine de Summer et il sourit quand elle recommença à pouffer.

— Euh, je crois que j'ai besoin d'une douche.

— Je me rappelle t'avoir entendue dire ça quand on s'est rencontrés aussi. Ne m'as-tu pas promis un autre round dans la douche ?

— Tu vas toujours me charrier avec ça, n'est-ce pas ?

— C'était la meilleure journée de ma vie, petit soleil. J'espère qu'on ne l'oubliera pas, ni l'un ni l'autre.

— Moi non plus.

— Alors, allons prendre du plaisir.

Summer sourit et prit la main que Mozart lui tendait alors qu'il se redressait de son côté du lit. Elle repensa à ce que Fiona lui avait dit plus tôt dans la soirée. Dans la vie, les choses arrivent pour une raison précise. Même si avoir été enlevée et torturée par Ben Hurst avait été un traumatisme, cela lui avait permis d'être là où elle se trouvait actuellement. Summer aimait tellement Mozart qu'elle ne s'imaginait pas vivre sans lui.

Elle prit la main de Mozart et sourit jusqu'à la salle de bains, prête à lui donner du plaisir et à en recevoir.

ÉPILOGUE

L'équipe était assise autour de la table au *Aces Bar and Grill*, profitant d'être ensemble et s'envoyant des piques.

Jess, leur serveuse habituelle, vint leur apporter des bières.

— Voilà, les gars.

— Merci, Jess. Hé, tu t'es coupé les cheveux ! dit Benny.

Jess leva les yeux, surprise, vers ce groupe d'hommes magnifiques, et elle accrocha le regard de Benny.

— Euh, oui, je... je les avais tout le temps dans les yeux.

Jess replaça nerveusement une mèche de cheveux derrière son oreille.

— Hum, je ne les avais jamais vus lâchés. Tu les as toujours eu attachés quand on te voit ici.

— Eh bien, j'avais besoin d'un changement.

Entendant le barman l'appeler, Jess se tourna vers lui et vit qu'il lui faisait signe. Elle se retourna vers la table.

— Je vais revenir dans un moment pour voir si vous avez besoin d'autre chose.

Puis elle fit volte-face et se dirigea en boitant vers le bar pour aller chercher une autre commande.

Dude reprit la conversation qu'ils avaient eue avant que leurs boissons n'arrivent :

— Comme je le disais, vous êtes pathétiques, les mecs !

Il leva les yeux au ciel en s'adressant aux hommes attablés.

— Sérieusement, vous ne voulez plus sortir, vous restez constamment à la maison. Vous êtes une bande de mémères depuis que vous avez des copines.

— Hé, tu es simplement jaloux, lui rétorqua Mozart, moqueur.

Dude ne voulait pas l'admettre, mais il savait que Mozart n'avait pas tout à fait tort. Il n'avait jamais songé à se caser avant d'avoir vu ses amis trouver des femmes l'un après l'autre. Et les nanas qu'ils s'étaient dégottées étaient géniales. Certes, il n'aimait pas avoir été obligé de secourir Ice, Fiona et Summer de situations terribles, mais il était content qu'en fin de compte, elles soient à présent en sécurité et en couple avec ses amis.

Puisque la majeure partie de leur équipe était à

présent en couple, le commandant avait rechigné à les envoyer sur les missions les plus extrêmes comme ils le faisaient au début de leur carrière. Et Dude et Benny n'y voyaient pas d'inconvénient. Ils n'étaient plus tout jeunes et la dernière chose qu'ils auraient voulue était de rentrer à la maison pour dire à l'une de ces filles qu'elle avait perdu son soldat.

Mais Dude ne savait pas où il était censé trouver une femme de la trempe de celles de ses coéquipiers. Il savait qu'il n'était pas le meilleur candidat pour une femme. Il était trop entêté et avait bien trop besoin de tout contrôler. Il ne souhaitait pas trop s'en préoccuper, mais chaque fois qu'il voyait Ice faire courir sa main le long du visage de Wolf puis rire quand elle sentait ses poils sous ses doigts, ou bien qu'il regardait Fiona caresser la tête de Cookie, Dude savait au fond de lui qu'il ne connaîtrait probablement jamais cela.

Sa main gauche était bien trop scarifiée, trop abîmée et trop laide pour qu'une femme le prenne au sérieux. Il l'avait vu à de nombreuses reprises. Il rencontrait une femme superbe dans un bar, ils discutaient, puis quand elle voyait sa main gauche, elle prenait toujours la fuite.

Il baissa les yeux vers sa main. Il lui manquait une partie des trois doigts qui avaient été soufflés par l'explosif au cours d'une de leur mission. Il avait d'ailleurs eu de la chance que ce soit sa main gauche, et encore plus de chance de n'avoir perdu qu'une partie de ses doigts. Il pouvait toujours être un soldat d'élite et travailler au contact des explosifs, mais cela avait réellement mis un frein à sa vie amoureuse.

Ses désirs sexuels étaient une autre raison pour laquelle Dude se disait qu'il ne trouverait personne avec qui se caser pour la vie. C'était une chose de trouver une femme pour passer un peu de bon temps, et une autre d'accepter à temps plein ce qu'il était. C'était amusant pendant quelques nuits de s'entendre dire quoi faire au lit et comment, mais Dude avait bien compris qu'après quoi, ce n'était pas ce que les femmes désiraient au quotidien.

Il haussa mentalement les épaules. Au diable avec ça !

Les hommes sursautèrent quand le portable de Wolf sonna. Ils le virent répondre et ils redressèrent l'échine en le voyant contracter les muscles.

— Très bien. Je lui transmets. Merci.

Wolf raccrocha et se tourna vers Dude.

— Une alerte à la bombe dans le grand supermarché de Main Street. On demande un expert.

— J'y vais.

Dude se redressa rapidement, pensant déjà à ce qu'il allait trouver. La police locale faisait souvent appel à l'armée quand ils avaient besoin de renforts. Apparemment, c'était l'une de ces occasions où ils pensaient avoir besoin d'un peu d'aide.

— Fais gaffe, lui dit Wolf. Contacte-nous si tu as besoin de quoi que ce soit.

Dude leva la main pour dire qu'il l'avait entendu, puis il partit accomplir sa mission.

*

Ne ratez pas le prochain tome de la série Forces Très Spéciales : Un Protecteur pour Cheyenne

DU MÊME AUTEUR

<u>Autres livres de Susan Stoker</u>

Forces Très Spéciales Series

Un Protecteur Pour Caroline

Un Protecteur Pour Alabama

Un Protecteur Pour Fiona

Un Mari Pour Caroline

Un Protecteur Pour Summer

Un Protecteur Pour Cheyenne

Un Protecteur Pour Jessyka

Un Protecteur Pour Julie

Un Protecteur Pour Melody

Un Protecteur Pour the Future

Un Protecteur Pour Kiera

Un Protecteur Pour Dakota

Delta Force Heroes Series

Un héros pour Rayne

Un héros pour Emily

Un héros pour Harley

Un mari pour Emily

Un héros pour Kassie

Un héros pour Bryn

Un héros pour Casey

Un héros pour Wendy (Mars)

Un héros pour Mary (Avril)

Un héros pour Macie (May)

En Anglai

Delta Force Heroes Series

Rescuing Rayne

Rescuing Emily

Rescuing Harley

Marrying Emily (novella)

Rescuing Kassie

Rescuing Bryn

Rescuing Casey

Rescuing Sadie (novella)

Rescuing Wendy

Rescuing Mary

Rescuing Macie (novella)

Delta Team Two Series

Shielding Gillian (Apr 2020)

Shielding Kinley (Aug 2020)

Shielding Aspen (Oct 2020)

Shielding Riley (Jan 2021)

Shielding Devyn (TBA)

Shielding Ember (TBA)

Shielding Sierra (TBA)

SEAL of Protection: Legacy Series

Securing Caite

Securing Brenae (novella)

Securing Sidney

Securing Piper

Securing Zoey

Securing Avery (May 2020)

Securing Kalee (Sept 2020)

Ace Security Series

Claiming Grace

Claiming Alexis

Claiming Bailey

Claiming Felicity

Claiming Sarah

Mountain Mercenaries Series

Defending Allye

Defending Chloe

Defending Morgan

Defending Harlow

Defending Everly

Defending Zara (Mar 2020)

Defending Raven (June 2020)

SEAL of Protection Series

Protecting Caroline

Protecting Alabama

Protecting Fiona

Marrying Caroline (novella)

Protecting Summer

Protecting Cheyenne

Protecting Jessyka

Protecting Julie (novella)

Protecting Melody

Protecting the Future

Protecting Kiera (novella)

Protecting Alabama's Kids (novella)

Protecting Dakota

Badge of Honor: Texas Heroes Series

Justice for Mackenzie

Justice for Mickie

Justice for Corrie

Justice for Laine (novella)

Shelter for Elizabeth

Justice for Boone

Shelter for Adeline

Shelter for Sophie

Justice for Erin

Justice for Milena

Shelter for Blythe

Justice for Hope

Shelter for Quinn

Shelter for Koren

Shelter for Penelope

À PROPOS DE L'AUTEUR

Susan Stoker est une auteure de best-sellers aux classements du New York Times, de USA Today et du Wall Street Journal. Elle a notamment écrit les séries Badge of Honor: Texas Heroes, SEAL of Protection et Delta Force Heroes. Mariée à un sous-officier de l'armée américaine à la retraite, Susan a vécu dans tous les États-Unis, du Missouri jusqu'en Californie en passant par le Colorado, et elle habite actuellement sous le vaste ciel du Tennessee. Fervente adepte des fins heureuses, Susan aime écrire des romans où les sentiments laissent place au grand amour.

http://www.StokerAces.com

facebook.com/authorsusanstoker

twitter.com/Susan_Stoker

instagram.com/authorsusanstoker

goodreads.com/SusanStoker